不連續殺人事件

坂口安吾

詹慕如譯

日本推理大師經典

坂口安吾 不連續殺人事件

CONTENTS

出版緣起

日本推理大師，永不墜落的熠熠星團

編輯部

一九二三年，被譽為「日本推理之父」的江戶川亂步推出〈兩分銅幣〉之後，日本現代推理小說正式宣告成立。若包含亂步之前的黎明期，此一文類經過了將近百年的漫長演化，至今已發展出其獨步全球的特殊風格與特色，使日本成為最有實力的推理小說生產國之一，甚至在同類型漫畫、電影與電腦遊戲的推波助瀾之下，日本著名暢銷作家如桐野夏生、宮部美幸等也已躋進亞洲、歐美市場，在國際文壇上展露光芒，聲譽扶搖直上。

我們不禁要問，在新一代推理作家於日本本國以及台灣甚或全球取得絕大成功的背後，有哪些強大力量的支持、經過哪些營養素的吸取與轉化，能夠在競爭激烈的國際舞台上掙得一席之地？在這些作家之前，曾有哪些重要的作家精耕此一文類、獨領當時風騷，無論在形式的創新或銷售實績上都睥睨群雄、立下典範、影響至鉅？而他們的努力對此一文類長期發展的貢獻為何？此外，日本推理小說的體系是如何建立的？為何這番歷史傳承得以一代又一代地開發出一批批忠心耿耿的讀者，並因此吸引無數優秀的創作者傾注心血，人才輩出？

為嘗試回答這個問題，獨步文化在經過縝密的籌備和規畫之後，於二〇〇六年年初推出全新書系「日本推理大師經典」系列，以曾經開創流派、對於後輩作家擁有莫大影響力的作家為中心，由本格推理大師、名偵探金田一耕助和由利麟太郎的創作者橫溝正史，以及社會派創始者、日本文壇巨匠松本清張領軍，帶領讀者重新閱讀並認識在日本推理史上留下重要足跡的作家，如森村誠一、阿刀田高、逢坂剛等不同創作風格的重量級巨星。

日本推理百年歷史，從本格派到社會派，到新本格、新新本格的宣言及開創，眾星雲集，但跨越世代、擁有不朽魅力的巨匠們，永遠宛如夜空中璀璨耀眼的星團熠熠發亮，炫目不墜。

獨步文化編輯部期待能透過「日本推理大師經典」系列的出版，讓所有熱愛或即將親近日本推理小說的讀者，親炙大師風采，不僅對於日本推理小說的歷史淵源有全盤而深入的理解，更能從經典中讀出門道、讀出無窮無盡的趣味。

導讀

過剩的遊戲美學：坂口安吾《不連續殺人事件》

陳國偉

曾經日本有過一個純文學與推理文學界線不那麼分明，推理小說作爲一個新興的文學形式，吸引了大量創作者投入的黃金時期。在那個時候，推理小說剛從歐美傳入日本不久，還在摸索在地化的路徑，屬於日本自身的書寫形式尚未確立，所以眾聲喧嘩，推理小說的邊界也曖昧不明，許多懸疑、恐怖甚至奇情的作品，都掛著當時通行的「偵探小說」一詞，風行於世。而包括夏目漱石、森鷗外、谷崎潤一郎、志賀直哉、芥川龍之介、太宰治、川端康成等後來被譽爲文豪的純文學作家，也都試著創作他們心目中的偵探小說。（註一）

當然，在此同時，許多作家與評論家試圖「正本清源」，提倡回到以愛倫坡、柯南道爾「福爾摩斯探案」爲代表的，講究理性邏輯的解謎式作品，並將其確立爲具「正宗」意涵的「本格」，而在創作與論述的層面，江戶川亂步和甲賀三郎都作出了重要的貢獻。然而，即便如此，在一九三〇到一九四〇年代的日本推理文學場域中，本格推理其實還是居於劣勢。隨著二次世界大戰的白熱化，推理小說因爲起源於歐美被定位爲「敵性文學」遭到查禁，本格推理更失去了深化的機會，直到二戰後才又重新擁有復甦的機會。

因此，在推理這個類型試圖在日本文壇中重新建立的同時，戰前推理文學和純文學的曖昧，也延續到戰後的推理文壇，文豪們繼續馳騁著他們對於推理類型的想像，或暴走。

而坂口安吾，正是其中一個名字。

在日本文學史上，他與太宰治因爲「無賴派」而聞名，成爲戰後日本文學的一個「異數」。其實在推理文學史上，他的定位也相當巧合地有著相似性，雖然他一心想要往歐美古典推理的典範靠攏，但在作品的世界觀中，仍是無法扼抑地表達著「無賴派」的「反秩序以追求自由解放」的文學理念。

這點從他一九四七年九月開始在《日本小說》雜誌上連載，一九四八年十二月出版的《不連續殺人事件》中就展露無遺。故事以詩人歌川一馬收到了跟繼母忌日有關的恐嚇信，因此邀請小說家矢代寸兵前往位處深山、交通不便的歌川家避暑開始，然而一馬的邀請其實別有所圖，原因在於矢代的妻子京子，原本是一馬父親歌川多門的妾，並與多門的私生女加代子交好，與彩華新婚未久的一馬，卻長期迷戀著同父異母的妹妹加代子，因此希望京子能給予寬慰。然而就在矢代即將啓程之際，卻又收到一馬的來信委託，希望力邀巨勢博士同行，但等到矢代一行人抵達之後，才發現許多一馬未打算邀請的賓客竟紛紛到來，而且彼此之間都有複雜的情感與肉體關係，這才知曉原來以歌川家專屬信紙所寫的信，內容已被不知名人士更動，而在忌日即將到來的犯罪，正在暗中蠢蠢欲動。

這樣的故事架構與設定，其實不難想到坂口安吾最喜愛的作家，英國的謀殺天后阿嘉莎・克莉絲蒂。他可說是藝高人膽大地在這部處女作中，就試圖以長篇的架構，來挑戰大家族複雜人際關係背景的故事形式，並且創造出有如克莉絲蒂筆下的名偵探白羅那樣，以所謂的「心理足跡」來進行推理的系列偵探巨勢博士。更不用說後來接二連三出現的殺人事件，複雜的房間平面圖與密室，動輒被懷疑與下藥或下毒有關，以及最後導向符合理性邏輯的推理與解謎，都看得出克莉絲蒂對他的深刻影響。

然而，也許正是因爲坂口安吾太想實踐出本格推理的「理想形狀」，反而讓他的推理世界有著太過飽滿的色彩，充斥著「過剩的美學」：過於飽滿的動機、人物關係、說明、角色配置、毒殺、絞死、不在場證明、平面圖，不但每出現一個死者，坂口安吾便利用連載的形式，向讀者下一次挑戰書，甚至直接點名江戶川亂步與木木高太郎。江戶川亂步曾在《不連續殺人事件》的評論中，指出坂口安吾是「偵探小說的遊戲論者」（註二），顯然對於坂口安吾而言，唯有這些推理小說中該有的「零件」都到齊，甚至不少還有「備料」，這樣支撐「本格」的推理敘事秩序才夠穩固，才能達到推理小說所需要的智性遊戲規模。

當然，從日本推理小說的歷史背景來看，坂口安吾在戰後會進行這樣的書寫不是不能理解。北海道大學的押野武志教授便認爲，在戰前跟二戰期間，坂口安吾是無法書寫本格推理的，主因在於當時日本是國家權力高漲的時代，只靠自白就可進行司法起訴，執法機關與相關制度並不重視物證。而到了戰後，日本制定了立基於民主主義的新憲法，開始進入民主社會的階段，具備了歐美推理評論家與史學家海克拉夫（Howard Haycraft）所提出的民主作爲

註一—詳情可以參考同樣由獨步文化出版、曲辰編選的《文豪偵探》。

註二—江戸川乱歩，〈附「不連續殺人事件」を評す〉，《幻影城》（東京：双葉文庫，一九九五），頁二六四。

推理小說的社會前提時，推理小說作爲邏輯的智性遊戲才擁有了成立的現實條件，而坂口安吾便是以這樣的推理小說觀寫出了《不連續殺人事件》。（註）

即便如此，坂口安吾的純文學血緣，仍然深刻地烙印在他的推理小說之中，在《不連續殺人事件》裡，克莉絲蒂作品中所殘留的哥德小說基因，縈繞著大家族的各種傳聞與瘋狂，意外地與無賴派爲追求主體自由的救贖對人性刻意的縱情與墮落，產生了微妙的合流，並且影響了他對角色的人性塑造，以及動機所具備的心理足跡。

《不連續殺人事件》中的許多角色之間，都具有強烈的情感與愛恨情仇，但這與一般本格推理小說中角色的符號性有所差異。在一般本格推理中，作者對於不同角色通常會傾向於進行性格與動機的分配，好讓角色的刻板性能夠製造差異。也許有部分角色爲了造成故事謎團的複雜性，以及保持案件能夠繼續發生的延展性，會有相似或重疊之處，然而爲了在最後能夠建立眞凶的合理性，以及揭露眞相時可能的意外性，基本上不會有太多角色被賦予相似的性格或形象，也就是符號性的區隔。

但在《不連續殺人事件》裡，大部分的女性都被投射各種情色慾望的奇觀目光，幾乎是無差別的，而男性角色也都彷彿是從未離開思春期的動物，對一個或多個女性有著淫思慾想，甚至他們之間已有著複雜的肉體關係。因此對於坂口安吾而言，雖然他試圖在不同角色的目光之間，塑造出角色在形象或特徵上的差異，然而在人性甚至是動物性的本能層面，這些角色在他的筆下其實有著高度的普同性，無論是他們的行動或結局，往往與此脫離不了關係。在這點上，坂口安吾顯然是秉持著無賴派的風格，試圖描繪出他所認知的人性世界。是故，這些角色的刻板不是因爲他們只是推理小說的工具人，因此敘事與推理程序是透過他們所代表的符號性意義來運作；相反的，他們是有血有肉的人，但在這個只能墮落的世界中，他們只能依照自己的動物性本能浮沉，以情慾驅力爭取主體的自由，但投射出來的愛慾情仇，恰好很能符合推理小說需要的複雜人際關係。

也因此，雖然《不連續殺人事件》在出版不久，便獲得了日本推理作家協會獎的前身「第二屆偵探作家俱樂部獎」，然而相較於同時期連續以《蝴蝶殺人事件》（一九四六）、《本陣殺人事件》（一九四六）、《獄門島》（一九四七）在戰後復出被譽爲重振戰後本格推理的橫溝正史，在日本推理文學史上的評價就有顯著的落差。儘管兩者都涉及日本地方鄉野的封建社群，坂口安吾與橫溝正史仍有本質上的差異。橫溝正史的鄉土封建有著強烈的在地性，透過地方傳說與大家族陰暗面的緊密連結，提供了批判的可能。《不連續殺人事件》中令人喟嘆的墮落人性風景，因設定在「藝文界」這樣的菁英小眾，而有著高度的現實性，但坂口安吾的歌川家終究與在地是脫離的，所有的鄉野都只是符號性的意義，只是爲了完成「暴風雨山莊」這種推理小說的既有子類型敘事形式而存在。

我們可以這麼說，坂口安吾以一種「過剩的美學」，表達了他對推理小說的狂熱與想

註—押野武志〈〈一九四五～六五年〉：〈戦後文学〉としてのミステリ〉，押野武志、谷口基、橫濱雄二、諸岡卓眞編著《日本探偵小説を知る　一五〇年の愉楽》（札幌：北海道大学出版会，二〇一八），頁四十五。

像，這正充分展現了戰後初期日本推理小說，在古典本格形式與文學性中擺盪的時代象徵。他最大的意義，在於延續了戰前純文學與推理文學密切互動的傳統，並試圖在本格推理的敘事秩序與文學性的人性解放中找到新的出路。這樣的企圖在文學場域與類型區分得非常清楚的今日，已不容易見到，而《不連續殺人事件》可說是那樣的時代轉折點上，才會出現的產物。這也可說是坂口安吾，對日本推理小說史的「另類」貢獻吧。

本文作者簡介：

陳國偉，曾出版過小説集，得過幾個文學獎，現為國立中興大學台灣文學與跨國文化研究所副教授、台灣人文學社理事長。著有研究專書《越境與譯徑：當代台灣推理小說的身體翻譯與跨國生成》（聯合文學）、《類型風景：戰後台灣大眾文學》（國立台灣文學館），並執行多個有關台灣與亞洲大眾文學與推理小説發展的學術研究計畫。

I

CHAPTER

第一章

醜陋不堪的人際關係

昭和二十二年（一九四七）六月尾聲。我應歌川一馬的邀約，與他在日本橋「坪平」這間小餐館見面。店主坪田平吉以前是歌川家廚師，妻子照代是家中女傭。一馬的父親歌川多門任性好色，不僅納小妾、玩藝伎，還染指家中女傭。照代長相可愛脫俗，當然也沒能倖免，不過她跟坪平結婚時，歌川多門倒是提供了他們開餐館的資金。一馬在東京的宅邸毀於戰火，因此他上京時都住在坪平家。

「我知道這話聽起來唐突莫名，不過，我想邀你到我家住一個夏天。」

一馬家位於交通極爲不便的深山，下了火車後得搭公車爬上約六里山路，下了公車還要走將近一里路。正因如此偏僻，戰時我們幾位文友曾到他家避難。其中一個理由是他家釀酒，我們算準了可盡情暢飲。

「如果不解釋清楚你大概摸不著頭緒吧。其實這個月初，望月王仁那傢伙來過，之後丹後弓彥和內海明也接連來了，說是我妹妹珠緒寫信邀請他們到我家避暑。面對你我也不怕家醜外揚，就老實說了，珠緒那丫頭今年春天墮過胎，對象是誰她堅決不透露，我們到現在還不知道，但她一個月裡幾乎有一半時間會自己跑來東京，不知住在哪裡，根本管不住她。你也知道，望月王仁粗暴、傲慢無禮，令人厭惡；丹後弓彥表面上像個英國紳士、道貌岸然，其實極其傲慢、自戀，而且爲人陰險、脾氣彆扭。只有內海明性格還算坦率，可惜他是個駝子，樣子醜怪，加加減減也沒好到哪裡去。三個人動不動就爭吵，珠緒好像是覺得這樣有趣才故意邀約，但其他人可受不了。他們成天吵吵鬧鬧，互看不順眼，駝子那傢伙經常會氣到把餐盤丟到地上，其中一人出現另一人就會生氣轉頭離開，弄得我們心煩氣躁，根本沒法靜下心好好看書。這時，不知是誰先提議，乾脆找回老夥伴，邀戰時同來避難的老友齊聚一堂共度這個夏天，反正東京的餐廳停業，時機正巧。他們希望這麼做，想想也不錯。他們覺得人多才不無聊，而對我們來說，家裡只有他們實在讓人窒息，最好能有其他人來轉換氣氛，不管是木兵衛或者小六都好，只要能轉移我們的注意力都歡迎，請你務必光臨。木兵衛和小六他們也決定要來，其實大家後天就要一同出發了。」

「宇津木小姐也去嗎？」

「當然，蝴蝶小姐也會來。她們還爲此暫停今年夏天的舞台表演。」

女作家宇津木秋子現在跟法國文學家三宅木兵衛在一起，但她曾是一馬的妻子，兩人協議和平分手，加上彼此都是文學家，一直維持著朋友關係。問題不在一馬，而在於望月王仁。我們去一馬家避難時，還是一馬夫人的宇津木秋子開始跟木兵衛交往，終戰後回東京，經過協議一馬答應離婚。一馬原本就覺得秋子不是自己能應付的女人，幾乎沒什麼留戀。

秋子是個多情的女人。避難時，比起木兵衛，她與王仁走得更近，但王仁毫無貞節觀念，同時還和珠緒交往，又招惹女傭或村裡姑娘等等，處處留情，秋子在他眼中不過是餐後水果、點心。後來秋子死了心，決定跟木兵衛在一起，但她內心很迷戀王仁。王仁不僅是紅極一時的流行作家，那傲慢無禮、粗魯、野性的一面，對迷戀肉慾的秋子來說想必也充滿魅力。秋子這女人就像是被本能控制的人偶，有著無法控制自己的痴傻，她一旦去了山莊，跟王仁之間不可能什麼也沒發生，而木兵衛理性聰明、有學者風範，愛裝腔作勢，迷上這個荒唐女子後完全被牽著鼻子走，凡事唯唯諾諾，卻又聲稱嫉妒到快發瘋。他竟然答應一馬的邀約，實在荒謬至極。

我雖然認爲這次邀約的理由確實如同一馬所述，但一馬對此計畫這般興致勃勃應該另有其他重大原因。他的目標應該是蝴蝶小姐吧。我猜想，他可能是想藉機邀請蝴蝶小姐。

明石蝴蝶是劇作家人見小六的妻子，是個女演員。她渾身散發性感氣息，洋溢著勾人情慾的肉感，不過蝴蝶小姐討厭王仁那種粗暴野性派，偏好理智孱弱的書生型男人。人見小六個性固執、不乾不脆，又懦弱猜疑，儘管骨子裡親切和藹，但並不好相處。蝴蝶小姐喜歡一馬，一旦一馬展開積極攻勢，她也想拋棄小六奔向一馬。

但那時候一馬懦弱，宇津木秋子才會隨三宅木兵衛離開。雖說他對這個女人已無迷戀，但是被拋棄還是讓他消沉，前來避難的客人終戰後轉眼離去，小六和蝴蝶小姐也走了。孤獨就像是他最渴望的愛人，有時他彷彿鼓起堅決的勇氣目送眾人離開，蜷居於孤獨之中。

每隔一、兩個月上京時，世間轉變之大往往帶給他巨大的影響。去年春天，他認識了現在的妻子彩華夫人。彩華夫人從女學生時期就開始寫詩，素有知性派異才之稱的歌川一馬對文學少女來說是極具魅力的中堅詩人，她當時曾三、四度和朋友一起拜訪一馬。不過，彩華夫人在詩上的造詣只是半瓶水，實際上跟詩可說一點淵源都沒有，自女學校畢業就再也不曾拜訪一馬。

去年重逢時，彩華夫人正跟畫家土居光一同居。大家都說他的畫很特別，吹捧他為鬼才，但我不這麼認為。在超現實主義式的構圖中塗滿官能煽情的內容，縱情燃燒，但仔細一看，在官能氣息中，也散發著陰鬱詩情，是最為精妙之處，實際上完全沒有表露孤獨或虛無的嚴酷。不過，他確實是個聰明的商人，懂得順應時代潮流上色，編造出煞有介事的作品。除了畫作本身的創作態度很商業化，同時他也是個推銷能手，終戰後對畫家來說是處境艱難的時代，但他周旋在雜誌社和文人之間，靠畫插圖大撈一票，一樣被吹捧為鬼才、作風獨特云云。

現在的一馬與以前判若兩人。之前的許多壓抑，彷彿因時代流變給了發洩的出口，他態度不變。「我老婆可是被人睡了啊！」他轉為固執偏執，完全不顧女人到底是否名花有主，不斷死纏爛打。

彩華夫人確實很美，美得出眾。彩華這名字取得好，她天真無憂又愛玩，討厭別人糾纏囉唆，也並不喜歡一馬的固執和他突兀的性格改變，不過這種人大概就是所謂的天生娼妓，她最討厭貧窮。土居光一靠著插圖收入，在畫家裡算是經濟不錯的了，可是眼前這種物價高漲的狀況，靠那有限的收入連一雙絲襪也買不起。一馬原本就是出身富豪人家的少爺，在這時局裡他家中經營釀酒業，又坐擁約十萬町步（註）的山林，就算躺著也自然會有巨款到

註——一町步約一〇九．〇九公尺。

手。每次上京他都會從保險箱裡抓一把鈔票，就算少了一疊，也看不出到底少了多少。他像抓衛生紙般抓的那把鈔票大概就有七、八萬圓吧，實在是我等低賤庶民難以想像的闊綽。愛玩、愛美食、漂亮衣服等奢侈生活的彩華夫人，深深著迷於一馬的財富，馬上揮別土居光一，正式和一馬結婚。這是去年晚秋時節的事。

不愧是原本就有商業頭腦的土居光一，他馬上與一馬談條件：「就算是妓女，現在贖身也要三、五萬圓，你至少拿二十萬圓來吧？」我居中講價要求他便宜十萬圓，後來以十五萬圓成交。

告訴你，那女人沒有我是不行的。她非我這副肉體不行。你要知道，我的軀體連歐洲娼妓都會興奮到昏倒。我不像那弱不禁風的三流詩人，她很快就會哭著道歉，回到我身邊。

土居光一對我這麼說，但這位自信滿滿的日本唐璜也不怎麼中用。區區一個男人在彩華夫人眼中根本不算什麼，在我看來，她生性樂天，覺得全世界的男人都是可任她挑選的貨品。

當土居光一以贖身為由要了二十萬圓，她的自尊大大受創。這位樂天麗人明明覺得男人根本只是個屁，卻容易為一點小事自尊受創、莫名惱火，動念想復仇。雖然沒有眞的出手報復，但聽說她鬧得不可開交，大吵一頓才眞正分手。

聽到我提起這件事，土居光一格格笑了起來。「開玩笑，吵架對男人來說就是和好的機會。男人和女人之間呢，假如完全無關根本吵不起來。大吵一架分手，表示有加深感情的條件，懂了嗎？」他就是自信、自戀的化身。

土居光一的預料沒有成眞，彩華夫人可沒把他放在眼裡，但她跟一馬的婚姻並不幸福。她不曾紅杏出牆。彩華夫人就像那美麗的衣通姬櫻花，身體從衣服底下綻放光芒，全身煥發光采、清麗如水。一個看起來如此美麗性感的人，卻對情慾漠不關心，相當冷淡，或許也是沒興趣，所以沒有外遇。但每次上京她都會大肆揮霍，購物後心情大好。喜歡的衣服或鞋子訂做完成，她甚至會開心到穿著這些衣服和鞋子入睡，實在難以捉摸。

天眞爛漫的她一點都沒有埃及豔后那種凜然的女王風範，可是她任性自我，絲毫不體察別人的心。在她腦中根本沒有思考過爲人妻子的義務，也不曾覺得需要照顧丈夫，因此不管丈夫做什麼她都一臉不在乎，讓一馬心有不甘。她並沒有把自己當成獨一無二的特別男人，這種彷彿拳頭打在棉花上的無力感讓一馬不滿、不安、失望。如果開口抱怨，她反而會惱羞成怒，一馬總是嚇得臉色慘白，完全無法反駁。堂堂大男人竟然如此不中用、如此狼狽，他懊惱萬分，益發不甘。

其實是他太傾慕彩華夫人才會產生這種心態，這麼一來，他就忍不住想嘗嘗偷腥滋味。我猜想，之所以邀請我們這群避難時的愚蠢聯隊共度一夏，他的目標應該是蝴蝶小姐。像他這種公子哥，如果知道別人喜歡自己往往會非常開心，而且喜歡佯裝不知。尤其是確定有主名花比起丈夫對他更有興趣，假裝不知情來玩弄這份愛情、擺布對方，更讓他覺得有趣。這只是一種遊戲而非眞心外遇，他根本不會主動去追求，也沒有那種念頭。因爲他並沒有迷戀對方到要採取行動的地步。

這種個性的一馬沒想到自己會迷上彩華夫人，被她牽著鼻子走。看到一馬完全臣服於她裙下，我覺得遺憾無奈，也很清楚他這種心理。他想邀請蝴蝶小姐，暗地裡享受那份愛，甚至玩弄蝴蝶小姐的純情、虐待她，藉此彌補不滿足的部分。其實他眞正死心塌地對象是彩華夫人，一不小心事態可能難以收拾。我是這麼認爲的。

雖說是公子哥，畢竟是年滿四十的堂堂文學家、詩人，再怎麼走火入魔，還是會揹起十字架負責到底，我倒覺得不需要太擔心。

但我有無法應允此次邀約的私人理由。眼前有望月王仁這個粗俗無禮的傢伙加入，又有丹後弓彥這個道貌岸然、性格扭曲的人，和內海明這個莫名開朗的駝子，一群人聚集在一起勾心鬥角、爾虞我詐，難怪外人會想稱爲怪傑聯隊。聚集一堂的這些男男女女就像是古老腐敗的蜘蛛網，牽連糾纏，彼此之間陰鬱陰慘的連結糾葛，光想就不舒服，覺得討厭。假如我再加入，場面將會更加難看。

我的妻子京子，曾是一馬父親歌川多門的小妾，在眾多小妾當中特別受寵，戰爭期間無法讓她進家門（當時梶子夫人還在世），甚至在村裡租了一幢房子讓她避難。我和京子相戀，在終戰同時橫刀奪愛，帶她回東京。

多門瘋狂暴怒，我輾轉耳聞他氣憤難平，偏偏他又是大臣級的政治家，正懷抱壯志雄心，自覺君臨天下時卻突然被放逐，心中萬分焦躁，而我正是讓他益發焦躁的眼中釘。但去年夏天梶子夫人死後，他很快看上村裡一戶富家的女孩下枝，強要她來當侍女，其實也就是小妾，心情才好轉。被放逐後無事一身輕，他現在萬分寵愛這年方十九的小姑娘，對她迷戀不已。

「我跟木兵衛或小六不同，去你家不太方便吧？就算令尊現在身邊有人讓他分神，多多少少仍會不愉快，我不想看到他那副樣子。姑且不管我，京子一定也會不自在。恕我無法答應。」

「但我還是希望你多擔待，務必來一趟。我只把眞相一五一十告訴你，包括關係到我精神狀況的離奇故事，另外也有極通俗的眞實犯罪故事。」

他從口袋掏出一封信。

「你看看，有人這樣惡作劇。」

常見的信紙上這麼寫著：

誰殺了梶子夫人？

憎恨、詛咒、悲哀、憤怒，

一切都會在週年忌日那天結束。

字並不好看。不過，應該是刻意隱藏筆跡所寫的字。墨水是便宜貨，信紙上沾染了許多污漬。從郵戳判斷，約莫是從附近的小鎮寄出，從東京到多門家的火車便是停在那個小鎮，再搭公車走七里左右的山路才能到他家。但不管怎樣，這鄉下小鎮已是距離他們村子最近的鬧區，村人要買東西也多半來來此湊合。

「這句子寫得眞洋氣。不只洋氣，還很有文學性。」

「這封信的收件人是我。雖然沒有寫凶手是誰，但既然特地寄給我，或許懷疑我是凶手吧。你也知道，我母親其實是繼母，我生母過世後她才嫁進來，跟我只差三歲，去年八月九日去世時才四十二歲。可是，我有什麼理由殺她？母親原本就患有氣喘，所謂的心因性氣喘。由於這病很棘手，父親出學費讓一名落魄的遠房親戚子弟——跛腳的海老塚醫生學習內科，大概五年前還在村裡替他安置住處，協助他開業。既然要在沒有醫生的深山村子裡開業，總不能專看內科，他不得不身兼外科、耳鼻科、眼科、牙科，一手包辦。我反對這麼早要他回來開業，至少應該給他時間好好學完全科，對村人才有幫助，父親卻說叫這醫生過來本就只圖自己方便，於是，海老塚畢業後僅在研究室待了一年左右，就被強制叫回村中。醫師本人有些學究氣息，心裡非常不服，來到這裡之後表面上恭順從命，其實跟我父親個性不太對盤。母親十分生氣，覺得這醫生忘恩負義、態度不佳，但醫生眞要逃了也很困擾，只好忍下不滿。氣喘這種毛病發作起來相當難受，她總是痛苦到趴在地上抓著榻榻米。母親最後就是這樣抓著榻榻米，痛苦掙扎而死，不管打幾管針都沒有用。這是心因性氣喘的正常現象，沒什麼特別。但那痛苦的樣子實在慘烈，假如從外施加其他手法，例如下毒，也很難分辨。姑且不論有沒有外出血或屍斑，光看那痛苦的樣子並不容易判斷。可是，出血或屍斑也都沒什麼特別，死後她表情安詳，根本沒人想過她是被毒死的，直接下葬。今年開始，我們漸漸聽到這類傳言。母親臨終時，家中女傭和經常出入的人都在場，親眼看到她掙扎的情景。大概是深山裡閒得發慌的村人穿鑿附會，才傳出流言蜚語，但我們總不能放任謠言不管，於是前去質問海老塚醫生，只見他瞪大了眼睛一個字都沒回。他就是這種性格，對於道理顯而易見的事根本不想多談。身有跛腳殘疾，導致他性格彆扭，不愛說話也不擅長與人相處。後來有一天，家人聚在一起用餐時，珠緒突然對著我大聲說，最近村裡都在謠傳是哥哥下毒殺了媽。這當然是荒唐至極。這丫頭就是愛拿人痛處開玩笑，老挑別人最不喜歡的事說。而且，明明是母親梶子唯一的親生女兒，母親死了非但不悲傷，甚至一滴眼淚都沒掉，還興致勃勃地覺得從此以後再也沒人罵她，大可盡情放縱玩個高興。儘管如此，畢竟攸關命案，不至於開如此荒謬的笑話。其實，當時盛傳凶手另有其人，你們也認識，就是那個姓諸井的護士，莫名性感的女人。她確實跟我父親有過關係。自從你和京子私奔後，父親和她往來密切，於是她覬覦起正室的寶座。是不是非常適合鄉村謠言的新派（註）悲劇式人際關係？農村裡的風言風語大概都不出這個模式。正因有這種謠言，妹妹才敢安心開那樣沒分寸的笑話。當然，沒人爲此緊張或懷疑我。大家都哈哈大笑，但我還是隱隱不安。」

註——日本明治時期（一九六八～一九一二），改良歌舞伎的新型態戲劇。

諸井琴路這名護士年紀大概三十上下。提到女人，年輕女人往往憧憬英雄，戰爭時期平凡女孩通常會夢想成為護士從軍，當了護士後都希望前往戰地。不過，這名叫諸井的女人不一樣，她不太做虛幻的夢，性情冰冷，對男人的玩笑話根本不屑一顧。她有著日本女人少見的五尺四寸五分（註）、修長勻整的完美體型，長相也不糟。好女色的望月王仁說，這種女人頗為悶騷，表面上看起來冷淡嚴謹但內心淫蕩，其實又出奇純眞，有著異樣的熱情，想跟她共度一晚春宵絕對易如反掌云云。他話說得自信十足，實際上對方一點反應也沒有。

她原本在東京歌川家常去的醫院任職，當戰爭爆發、護士成為戰地迫切需要的貴重人才時，她發牢騷說不想前往戰地，以無醫村的護士這個冠冕堂皇的藉口獲得許可，跟歌川家一起來到村中。但她沒有進駐海老塚醫院，而是在歌川家中享有獨立房間，只有白天到醫院工作。除了她自己方便，對外也有好藉口，因家中還有兩組病人。

一是南雲一松這位老人，他避難到這裡後中風臥床。一松之妻人稱由良婆婆，是歌川多門的親妹妹，她也是半個病人，天生體弱多病又有些歇斯底里，跟梶子夫人格外合不來。多門對血親並不特別關心，但顧及外界的目光，表面工夫還是會做到。妹妹一家來此避難，好，那就照顧他們；生病了，好，那找人來醫治，如此而已。畢竟家大業大、有錢有物資，多照顧妹妹一家也不會受到任何影響，可是他一點也沒把妹妹一家放在心上，連家裡有這些人共寢共食都幾乎忘記。但女人不一樣，尤其是梶子夫人，她是續絃，年紀差不多能當多門的女兒，與多門的妹妹從以前就處不來，住在一起更是磨擦不斷。

由良婆婆共有一男四女。兒子是技術人員，身在外地，聽說在戰爭中死於潛水艦。兩個女兒死了，一個出嫁後在滿州鐵路公司工作，只有么女千草未婚，一起避難至此。但梶子夫人的女兒珠緒小姐，跟千草小姐水火不容。珠緒小姐長得美，千草小姐則與漂亮沾不上邊，有雙鬥雞眼加上滿臉雀斑，胖得像豬一樣。明明胖，卻又神經質、心眼壞、性情扭曲偏執，連奔放的珠緒小姐的無心行為，她也會解讀為惡意，懷恨在心，而珠緒小姐向來藏不住情緒，一有不滿就會大肆反抗。這也是導致兩位母親反目的火種。梶子夫人精通和歌，還曾投稿到短歌雜誌，總是一副嫻雅端莊的貴婦人風範，其實神經敏感近乎病態，一旦冒出討厭的念頭，就會厭惡一百倍。

另一個病人是加代子小姐。這可是問題人物。她母親已過世，祖父、祖母是長年侍奉歌川家的長工喜作爺和女傭領班傳婆，個性都很好，總掛著笑臉，很討人喜歡。

加代子小姐當然就是這兩人的孫女。其實，她也是多門播下的種，讓一樣在這裡幫傭的加代子母親懷孕生下的女兒。所以，雖然她住在傭人房，但不需要幫忙女傭工作，服裝打扮稱不上豪華，也還算清爽時髦。這女孩長得實在美。楚楚可憐又清純，有種澄澈透明的美。

不過，十七歲那年起，她患了肺病。就讀女學校四年級時在宿舍發病，住了一陣子院，出院後便在其中一間女傭房生活，大部分時間都在讀書。

註—約一六五公分。一尺約三十・三公分，十寸為一尺，十分為一寸。

她比珠緒小姐長兩歲。珠緒小姐今年二十二歲，加代子小姐二十四歲，千草小姐又長她兩歲，應該二十六歲了吧。

這個私生女的存在也是梶子夫人氣悶的原因之一，但畢竟是發生在結婚前的事，不得不接受。我不太清楚，不過聽說加代子小姐的母親在梶子夫人進門後上吊自殺，於是梶子夫人對加代子小姐的憎恨逐漸趨緩。加代子小姐的病需要重視飲食，梶子夫人特別留意她的滋養補品，服裝上也都讓她不會在人前丟臉。諸井護士曾語帶深意地說，你們對加代子小姐最好小心點。

只要加代子小姐輕微發燒，護士就會留在家中照顧，不去醫院上班。換成南雲一松爺爺或由良婆婆身體出了什麼毛病，他們總是會說『不要緊，妳儘管去醫院，應該很忙吧』。諸井護士也是個冷酷的女人，對於世俗情愛看得相當淡，所以很討厭愛發牢騷又歇斯底里的南雲家，沒怎麼仔細照看。最後，這些詛咒都凝集在梶子夫人身上。

梶子夫人病危時，臨終前甚至連刨抓榻榻米掙扎的力氣都沒了。大家都在場，她說了些話，但幾乎無法聽清楚，好像要南雲家的人避開之類。然而，連坐在梶子夫人枕邊最近處的珠緒小姐也表示，根本聽不清梶子夫人實際上說了什麼。

「這封恐嚇信荒唐至極。畢竟我沒做虧心事，信上寫的我並不在意。說穿了，只不過是避難到村裡來的人閒得發慌，故意惡作劇，惹事生非吧。我知道這樣要求太任性，但我之所以希望你來，其實是比起你，我更需要京子夫人。」

一馬面色鐵青，彷彿是酒也醒了。

「不兜圈子，直截了當告訴你吧，我從很久以前就瘋狂愛著加代子。但我們是兄妹，所以我把心中那些情色慾望，轉換成極爲精神性的安慰，宛如仰慕聖母般的溫柔心境。偏偏加代子也愛著我，甚至比我的愛更加強烈，不僅如此，她明明每天手不釋卷地沉迷於閱讀，卻超脫常識把我這個哥哥當成情人般愛著，不管我如何告訴她兄妹之間不能談戀愛，她都聽不進去，反而問我，爲什麼？爲什麼世間的人皆如此，我們便得如此？她根本不打算把世間的常識禮俗放在眼中。這份出於處女清純熱情的堅定心意，讓我深受感動，甚至願意奉獻生命，只能以崇高來形容。你或許不相信，但再也沒有比這份心意更崇高的了。你瞧瞧，加代子拋棄了整個世間，她並不是不知道這是一種罪惡。加代子聰明無比，她什麼都知道，跟神一樣，無所不知，連自己的宿命都看得一清二楚。我幾乎要把持不住。這你也懂吧？假如神在你耳邊溫柔傾訴、要你作惡，身爲凡人該如何是好？不過我還是在緊要關頭懸崖勒馬。我告訴自己不能碰觸她的身體，就算死，我也不能侵犯神。然而，我又覺得難以抑制自己的衝動。加代子緊握著我的手，我們接吻了。那是一個冰冷又悲哀的吻，不過，我們就像化爲交融的水一樣，崇高而莊嚴，同時也無比悲痛。加代子對我說『結婚吧，神一定會原諒我們。然後，我們一起死吧』。但我不想死，我沒有她那麼純粹，我是壞蛋。」

一馬的話漸漸變成激動的叫喊。不過，我生性不正經，一點也沒被他感動。他像動物園裡的猛獸一樣，慢慢老實安靜了下來。

「我其實是壞胚子。」

「我知道，在你這個年紀，誰不是壞蛋呢。你對彩華夫人一見傾心，也還偶爾會追求蝴蝶小姐不是嗎？但加代子小姐眼中，除了你沒有其他男人。可是，這不叫崇高，也不是近親相姦，一切都是你的幻覺。追根究柢，就是一股處女的魅力、魔力，不僅如此，再往下深究，說不定意外淺薄。你生氣了？但不就是這樣嗎？實際上，你正是被彩華夫人的非處女性折服，徹底拜倒在她石榴裙下，所以稍微想反叛一下。兄妹、戀愛，再好不過！叛逆一下又何妨？大可盡情發散。不過，其實我還擔心你是不是眞的發生了關係，聽得膽戰心驚。」

「你這麼說，我心裡好過多了。我不覺得你說得對，但我們也別再爭辯下去。道理如何我自己知道就行，只要能從你身上獲得一些慰藉便再好不過。我邀請你來，眞正的原因是，除了京子夫人以外，加代子一個朋友都沒有。加代子每天都會想起京子夫人，懷念以前的日子。明知會影響病情，她仍會走上一里的山路，去經常跟京子夫人一起玩的地方，就算被罵還是不聽。即使因此發燒臥病在床，等到能起身後又依然故我，往往趁家人不注意偷偷出門。這種時候我總會憎恨京子夫人，覺得她是要加代子命的妖婆。所以，我希望你能帶京子夫人來，安撫加代子的心緒。只有京子夫人辦得到，拜託你這種事實在很不中用，我也很難啓齒，但我希望加代子能放棄，把注意力轉移到其他事上。當然，我一樣會試著這麼做。可是，看來我一個人使盡全力還是不夠，希望京子夫人能助我一臂之力。」

眞是棘手的任務，我不能擅自決定。

回家告訴京子後，她說想也不用想，還拋出一句「有戀愛煩惱不如去泡泡草津溫泉吧」（註），旁人說什麼都沒有用，一切交給當事人，順其自然吧。萬一加代子小姐真的自殺，我會寢食不安。況且，站在京子的立場，她當然不想再次造訪那座山莊。

京子的決心堅如磐石，一馬只好放棄。三天後，木兵衛和小六兩對夫婦，一同前往山中。

註——草津地區流傳的民謠中有一節提到，除了戀愛煩惱之外，當地溫泉可治百病。

2 CHAPTER

第二章

意外的面孔

七月十日早上，一馬寄來一封這樣的信。

七月十五日我會託旅行社寄車票過去，請搭這天的末班列車過來，千萬拜託了。另外，三張車票中有一張是要給巨勢博士的，麻煩你代我勸說，就算硬拉也得把他帶來，先在此磕頭致謝。

可怕的罪行即將展開，許多人會鮮血淋漓，一切只能寄託在你和巨勢博士的身上。還有，京子夫人。京子夫人！拜託你了，我恭候大駕。眼前看得到一片暗紅血海。

十五日下午，旅行社確實送來三張車票。前往N鎮的末班列車是二十三點三十五分發車，隔天早上七點左右到達N鎮，剛好可接上第一班公車。

一馬是旅行社的特約顧問，參與文化宣傳的企畫。

一馬有時念頭一起便不顧一切，讓我不知該如何應付他。不過，我也往往不願撕破臉，忍不住心軟，這種個性實在要不得。京子一開始不願意去，但那封信寫得實在打動人心。更重要的是，女人終究崇尚浪漫，所謂崇高的近親相姦，在她眼中仍有難以抵擋的魅力。她終於答應成行，我們依照信上所託，去找巨勢博士。

我們稱他爲「巨勢博士」，實際上他並不是博士，而且比我和一馬年輕十一歲，是個才二十九歲的小伙子。

十七歲那年，還是中學生的他上門拜我爲師，說將來想從事文字工作。我告訴他，拜我這種剛入行的年輕人爲師也沒用，要他去找其他大師，他卻回我「反正大家同爲年輕人嘛」，簡直莫名其妙。

不久之後，他迷上偵探這行。可是在大學裡，他專攻的是「美學」這種時髦的學問。其實，是他自覺書沒讀好，絕對進不了其他科才這麼選擇。

然而，說到他的推理天分，確實令人稱奇，簡直堪稱天才。我們目睹太多實例，這傢伙的觀察實在縝密，他能夠發現、分辨出人類心理的微妙變化，精準到讓人毛骨悚然。一遇上他，跟犯罪有關的人類心理皆無所遁形。他可以精確地分析、計算一切，找出答案，但他所用的公式變幻多端，我們完全摸不透。

對我們文學家來說，人類是難以理解的生物。人類的心理迷宮永遠錯綜複雜，所以文學才得以存在。不過對他來說，要理解人類的心理易如反掌。

「既然這麼瞭解人類，爲什麼你的小說寫得如此彆腳？」我曾這樣調侃他。

「啊哈哈哈！就是小說寫不好，才能摸透犯罪心理啊。」

聽起來不像語帶雙關，也不像是在謙虛，確實是隱含眞理的名言。他的人類觀察止於犯罪心理這條低底線上，爲了避免越線後迷失在無限的迷宮當中，他仔細架構了自己的路徑。在這方面，他堪稱天才。

所以，這傢伙寫不了文學。在文學中對人類的觀察沒有一定的界線，他或許是天才偵探，卻完全是文學白痴。

不過，我們都認同他的推理手腕，因此特意尊稱這不用功的懶鬼一聲「博士」。雖然對於艱澀學問一無所知，但提到那些不正經的知識，從高級的戲曲紀錄、落語全集，到低俗的猥褻書刊、電影雜誌、相撲賽程等等，他總是徹夜沉迷於閱讀，對於無謂的雜學可說無所不知。

我去找巨勢博士，讓他看了一馬的信後，請求他幫忙。

「這樣啊，能去避暑挺不錯的，還有吃有喝，但今晚我不行。」

「爲什麼不行？」

「怎麼說得好像是我不好呢？耳朵借我一下，幽、會，懂了嗎？」

「原來博士也有這一面，不過，反正是花錢買的吧。」

「欸，您也太沒情調了！老師，我會搭明天的夜車，您先走一步吧。眞想帶那女孩一起去。」

「那就帶來啊，別客氣。」

「不行、不行，怎能把神聖的處女帶到狼虎窟中。」

「原來博士喜歡少女。哎呀呀，我身邊淨是些興趣古怪的傢伙。」

於是，我依照信上的指示出發。

這個時節搭火車旅行算是極爲奢侈，旅途還算安穩，儘管不能好好坐、好好睡，也不能如廁。

在N鎮一下車，便遇見意外的面孔。對方叫住我，我十分驚訝，原來是神山東洋和他的夫人木曾乃。

神山夫婦戰時曾短暫來到山中。東洋是位律師，八、九年前擔任過歌川多門的祕書。木曾乃夫人昔日是新橋藝伎，後來贖身成爲多門的小妾，不過她和東洋私通，東洋因此辭去祕書一職，但聽說偶爾會上門造訪。雖然從事律師這種靠頭腦吃飯的行業，東洋卻是體格結實、儼然黑道的壯漢，歌川家人人都討厭他，巴不得他離開，所到之處連女傭都不給他好臉色，不管跟誰說話都沒人搭理。

「京子夫人也來了。對了、對了，您和矢代老師結婚的經過我都聽說了。老師眞是深藏不露啊。原來如此，文人雅士表面上溫文儒雅，遇到這種事卻一個比一個厲害，我自嘆弗如。今後還請多多指教。」

我沒回話。

「矢代老師是去歌川家吧？不如一起上路。」

「你也去歌川家？」

「是啊，我收到一封邀請函，實在稀奇。」

不料，一上公車，我再次瞠目結舌，頓時煩躁不已。遇上意料之外的討厭傢伙，土居光一也在車上。「呦！」他若無其事地點頭打招呼，不過頭不是向前點，而是往後仰，根本瞧不起人。

「喂，你要去哪裡？」

「還能去哪裡？來到這種比安達荒原好沒多少的地方，還有哪裡能去？當然是去歌川一馬家。你應該也是吧？」

但這傢伙又是爲什麼去呢？

「你去做什麼？」

「少瞧不起我。我怎會有事找那個三流詩人？贖身錢我也收了，早就拿去喝酒喝得一文不剩，我也沒有落魄到事後還來索討什麼。是那傢伙突然要我賞光來這裡避暑，招待我美酒佳肴。我聽了也覺得奇怪，摸不著頭緒，但既然有酒可喝，不妨給他一點面子。」

他看看京子，哼笑一聲。

「您就是京子夫人嗎？果然姿色出眾，眞是個性感尤物。看來，您不僅淑德兼備，也精通紅杏出牆之道，實在有女人味。可惜，我慢了不只一步。要是戰時我也來此避難，一定會好好疼愛京子夫人。不過，沒想到你們會這麼光明正大的攜手踏進歌川家門，矢代大作家確實膽識過人。但你的小說太幼稚，我完全讀不下去。」

一馬到底在想什麼，又在打什麼主意？他的信只讓我覺得荒唐，現在我卻非常不安。到底會發生什麼情況？至少能確定，其中隱含某種企圖。

下了公車，年輕男僕等著幫忙搬行李。歌川家距離此處還有約一里左右、起伏蜿蜒的山間小徑，走到疲累時這段路眞讓人望之生畏。

終於來到歌川家附近的小神社，只見樹蔭下有兩個女人朝我們走近。原來是彩華夫人和宇津木秋子小姐。好像是來迎接我們的。

但彩華夫人一接近我們便僵立不動。她一臉震驚茫然，彷彿在懷疑自己的眼睛。看到她的反應，土居光一率先出聲。

「呦，尊貴的夫人，特地出來迎接眞是有勞您了。怎麼？要不要我好好疼愛您一番，答謝您辛苦跑這一趟？」

他大步走向彩華夫人，一副要上前擁抱親吻的態勢。

「你來做什麼？」

彩華夫人躲到宇津木小姐的身後，光一絲毫不以爲意，似乎想乾脆同時擁抱兩個女人。

「您好啊。您是哪位？什麼？宇津木秋子。哦，那位知名女作家，抱歉我一時沒認出來。居然這麼年輕，長得眞美。有機會再好好問候問候您，我的老相好等不及了。」

光一抓住彩華夫人的手臂，彩華小姐奮力揮開，逃開五、六步。

「可惡！這個混帳！這不是你該來的地方，給我滾。來人……」

彩華夫人無助地望向我們，但光一再次硬是要去抓她。還來不及把話說完，她就大驚失色地逃開。光一看也不看她的背影，逕自掏出手帕，擦掉額上的汗水。

「看到喜歡的人，女人就是會被沖昏頭。女人這種生物，明明朝思暮想的人出現在眼前，怎麼就是不肯老實承認？宇津木小姐，我覺得日本女人在情事上的訓練還不夠，您說是嗎？」

抵達歌川家，其他訪客不巧外出去瀑布那邊戲水，只有一馬和駝子內海在等待我們到來。

我已無力說話，泡了個澡，來點啤酒和三明治當中餐後，眼皮沉重到打不開。請人在房間裡鋪了床，我躺下睡著。都會燠熱，暑氣逼人，山中的涼意感覺格外舒適，我睜開眼睛時已是黃昏。唯一有違我期待的事，就是沒聽到暮蟬鳴叫。到了月底應該能聽到吧？正在洗臉時，女傭來接我，京子也正好來了。

「你終於醒啦，大家都開始喝酒了。」

「這一覺睡得眞熟啊。」

我打了個大大的呵欠，走下樓去。

3

CHAPTER

第三章

不速之客

我非常討厭望月王仁。其實，文壇裡幾乎沒人喜歡望月王仁。他恃才而傲，一向不把別人放在眼中，不管常識禮儀。別說公開與婦人接吻，連強姦暴行都可能幹得出來，所以他至今仍單身，以爲全天下的女人都是自己的囊中物。

不過，他卻很受記者尊崇。一方面是他出手闊綽，另一方面，記者報導時，比起思想，更重視作家的筆力，所以往往會被他的妙筆眩惑。再加上，媒體報導通常不從歷史脈絡來判斷事物，只從現實的現象來判斷，既然他是第一等的流行作家，記者便視他的傲慢爲理所當然，還認定這叫有自信，紛紛稱許如果沒有此等信念無法成就藝術，反倒將他的傲慢讚揚爲美德。至於他的好色，則被當成是天才的證據，證實他與一般人有著不同的感性，對他極盡吹捧。

我覺得接下來大有看頭。有了土居光一的加入，文壇和畫壇兩頭最討人厭的野獸即將正面交鋒。原來是這樣的劇本啊。以一馬來說，這劇本寫得確實精彩，我老是被他們氣得七竅生煙，竟沒發現大可把他們當作下酒小菜。

只是，事與願違，這些傢伙果然都是歷經大風大浪、萬中選一的強者，外表粗魯無文，其實在江湖道義這方面的神經異常發達，完全沒有正面衝突。

「喂，光一，你不喝酒嗎？」

王仁這麼說，光一聽了只是笑。他不太喝酒。像他這種就算不喝醉也能大大方方在人前追求女人、上下其手的傢伙，根本不需要借助酒力。搞不好，喝酒後會因睏倦而有損他的表現。

至於王仁，不管喝醉與否，照樣會搭訕女人，總是大口大口放肆牛飲。

光一突然起身走到蝴蝶小姐面前，抓住她的手。

「蝴蝶小姐，一起跳支舞吧。之前有幸拜見您的舞台風采，從此傾心仰慕，所謂『傾國傾城』正是您的最佳寫照。充滿魅力，纖細又高傲，我就愛這種壞脾氣。來，我們一起跳舞吧。」

蝴蝶小姐靜靜抽回手，冷冷回答：

「不要。」

王仁格格笑了起來。

「光一，好樣的！啊哈哈哈。搶在前頭追求這路易王朝的三流娼妓，你膚淺的教養真是一覽無遺。看你雖然喝過法國洋墨水，根本沒通曉西學嘛。怎能在人前追求娼妓呢？娼妓就是希望展現淑女的一面，這是一種扭曲的自戀。最適合在人前追求的是假娼妓。就像這樣。」

王仁拉起珠緒小姐的手跳舞，然後馬上緊抱著她，跌坐進沙發裡接吻。珠緒小姐一點也不驚慌。兩人吻得滿足後，她抬起頭。

「怎麼樣？光一先生，明天晚上就輪到你，到時候別嚇得發抖啊，我最討厭發抖的男人。對了，丹後先生，跟我跳一支探戈吧？」

丹後搖搖頭。但沒等他搖完頭，珠緒小姐已別過眼，走向內海。一臉正經搖著頭的丹後，看起來就像玩具人偶。

「來吧，內海先生，你偶爾也該走到有地燈照亮的位置。別老是畏畏縮縮躲在角落，得大方上前來征服我啊。」

內海浮現溫和的微笑。

「只有主演鐘樓怪人，我才能站在燈光下吧。到時再拜託妳和我合演。」

「哦，是嗎？眞是期待，不如今年夏天就在這裡演。人見先生，幫我們寫齣合適的劇本吧。」

「好啊，那我負責舞台布景。演給村裡人看，搜刮那些百姓手裡的新鈔。」

「光一的舞台布景會嚇跑一般觀眾的，最好別演戲。難得聚集這麼多女演員，除了跳豔舞，還有其他選擇嗎？看我示範一次。」

王仁突然抱起珠緒，粗暴地脫去她的外衣外裙。即使王仁鬆開手，放任僅著襯裙的她跌落，她依然面不改色，也沒有半點戲謔的表情。她只是默默看著王仁，平靜地脫掉襯裙，最後身上只剩襯褲。

「這樣行嗎？還要再脫嗎？」

一馬不耐地抓起妹妹的手：

「給我回房去。」

「反正總得脫，就順便脫了吧。剛好省一道工夫。」

王仁抱起珠緒。

「喂，夠了。你鬧過頭了。」

「這位大哥，不要生氣。就算是惡鬼，也不至於在人前眞的把可愛的女孩剝光。不過，這樣我倒省事，令妹我先借走了。今天的戲演到這裡，接下來是只屬於我們的戀愛戲碼，謝絕參觀。」

他發出嘿咻一聲，抱著珠緒說「抱歉讓讓啊」，走回自己寢室。

過了五分鐘、十分鐘，兩人都沒有回來。都會裡或許有些猥褻酒吧或酒家可見到這種場景，但也不是常事。眼前這些光景，連光一都看得目瞪口呆。

「哎，這豪放作風比耳聞的有過之而無不及，歌川家眞是頂尖娼寮。看來我不該大老遠到法國去混那麼久，應從年輕時就培養登山的興趣。那麼，今晚是誰與我作陪？閨秀作家、文藝女青年，如何？」

「下回再請您指教吧，今天晚上我已有約。」宇津木小姐擠出假笑，接著挽起丈夫三宅木兵衛的手：「我們先回房了。」

「是嗎？好吧、好吧。」

光一突然起身往前走，打開大客廳通往走廊的門，宛如飯店門房、宮殿侍者般，極爲殷勤地低下頭，目送兩人離開。

於是，其他人也趁機離席，回到各自的寢室。

我們回寢室後，一馬立刻跟過來，不耐地說：

「你瞧剛剛那種醜態，我該怎樣消氣？眞想勒死王仁。」

我也不知該如何安慰他。

「我沒時間跟你好好聊，這到底怎麼回事？我實在搞不懂。你們拿了旅行社給的車票吧？」

「是啊。」

「也收到我的信？」

「那是當然，否則怎會過來？巨勢博士無法跟我們同行，但他今晚出發，明天就會抵達。」

「巨勢博士？」

「巨勢博士要來？是誰說的？」

「怎麼了嗎？」

「奇怪，是你在信上囑咐，要我帶巨勢博士來的啊。」

「我的信上？」一馬訝異地盯著我。

「我可沒寫這些，只寫了希望你們夫婦過來。等等，我懂了。我知道這當中有蹊蹺，而且不只寫給你的信有問題。你說說，這究竟是什麼狀況？是誰這麼做？我簡直氣到快瘋了。」

是誰惡作劇？我怎麼可能發邀請函給神山東洋夫婦，更別提土居光一了，但他們竟收到邀請函，還跟你一樣，都是旅行社送去的車票。我的確寫了信要旅行社寄送車票，可是我只寫給你們夫婦，也根本沒有邀請巨勢博士來。」

這次輪到我吃驚了。我完全沒懷疑過那封信不是一馬寫的，看上去確實是他的筆跡。

幸好，我去拜訪巨勢博士時將信放在口袋，直接帶到這裡。我拿出那封信，一馬瞪著說：

「有人偷拆我的信，重寫一遍後寄出。你看，對方直接沿用了我原本的字句。」

七月十五日我會託旅行社寄車票過去，請搭這天的末班列車過來，千萬拜託了。『另外，三張車票中有一張是要給巨勢博士的』，麻煩代我勸說（京子夫人），就算硬拉也得把他帶來，先在此磕頭致謝。

『可怕的罪行即將展開，許多人會鮮血淋漓。』一切只能寄託在你『和巨勢博士』的身上。還有，京子夫人。京子夫人！拜託你了，我恭候大駕。眼前看得到一片暗紅血海。

「我畫上『』的部分是別人寫的，（）的部分被省略了。什麼『可怕的罪行』，根本是空穴來風。最後這一句『眼前看得到一片暗紅血海』，確實是我寫的。當時我腦子裡都是兄妹亂倫，罪孽的黑暗想像。坦白講，寫得誇張了。你們要是不肯來我就頭痛了，再加上，為了打動京子夫人心中的純情，我運用了文學上的誇飾法，才會寫下『京子夫人、京子夫人！看得到一片暗紅血海』之類丟人的文字。京子夫人，請原諒我。不過，改寫這封信的傢伙一定有什麼企圖。說不定眞的牽扯到犯罪行爲。眞是的！我現在也很想殺人啊，每個傢伙都那麼可惡。啊啊，混帳！眞想要了他們的命。這種時候任何人住在這裡，都不免會想殺兩、三個人吧！」

信上確實是一馬的筆跡，但再仔細觀察，可看出精心模仿的痕跡。

「這張紙呢？」

「是我家專用的信紙。」

「放在哪裡？」

「剛剛那客廳角落的桌子裡。還有，這墨水和筆是家中常備的東西，當然信封也是。」

「信是誰去寄的？」

「你們來避難時郵局人手不夠，再加上情勢特殊，要寄信得走上一里路，不過現在郵局會派人來取。這是往昔的習慣，通常會趁著送郵件時，順便帶走我們要寄的信。如果沒有寄到我家的郵件，他們仍會定時來取信。要寄出的信會放在玄關的桐木箱裡，各人自行放進去，誰都有抽換的機會。」

「好吧。巨勢博士明天就來了，豈不正巧？這可是寫那封信的犯人親自指名。犯人爲什麼想找巨勢博士來？如果小看巨勢博士，恐怕得吃苦頭。那小子在這方面是個天才。他頭腦的構造有點不上不下，用來緝凶恰到好處，但要求更多就無法應付了。另外，腦子的組織也無法讓他更進一步，很少人會有這種奇怪的天賦。」

「好，明天再說吧。」

「是啊。就算我們試圖去追蹤犯罪的跡象，也只會陷入迷宮，製造出更多犯人。在小說家眼中，沒有誰不可能是犯人，所以我們再怎麼動腦都是枉然。」

於是，一馬回到他的房間。

每個房間都漸漸安靜下來。

「心裡莫名毛毛的，我開始害怕了。是不是眞的會發生恐怖的事啊？」

「什麼恐怖的事？」

「我也不知道。不過，總覺得眞的會出事。」

「是嘛？娼寮的犯罪案件嗎……可惡的光一，竟說這裡是娼寮，太過分了。」

「我今天跟加代子小姐聊過了。雖然只是簡單地打招呼，但或許情況比我想像中嚴重，她似乎眞的深深愛上自己的哥哥。她還說，所有的罪惡的源頭都是人類，是人類擅自編造出來的概念，順從自然怎麼可能會有罪？」

「有羞恥心，才會產生罪惡感吧。」

「你這些道理，根本無法解決加代子小姐的煩惱。」

「是是是，我明白了，各位大小姐的煩惱更深遠沉重。好了，睡吧。只是，眞不知睡不睡得著。」

我午睡太久了。可是，又覺得一陣倦意襲來。

這時，珠緒小姐經過走廊。傳來我聽不懂的歌聲，大概是法文的香頌吧，愈接近樓梯愈大聲，然後是大步下樓的聲響。

「哦，珠緒太夫（註）歸營了嗎？」

看看時鐘，十一點十五分，我關掉電燈。

附記

我要爲這部推理小說提供懸賞。推理出眞凶的最優秀解答者，我將送上這部小說解謎篇的稿費。詳細辦法之後會發表在雜誌上，總共預計連載九到十次，歡迎大家一同來較量腦力。如果沒人猜中，自然就不給稿費。我想，應該不需要交出我的稿費吧。

坂口安吾

註—日本遊廓最高等級的藝伎。

4 CHAPTER

第四章

第一樁命案

隔天早上，七月十七日清晨六點半，我們出門散步。在三輪山這座人煙罕至的山裡，有間小祠堂叫三輪神社。這裡的氏神歷史可追溯到奈良時代，但如今能遙想昔日風景的只有茂密的森林，祠堂小得看起來像玩具一樣。另外，有個包圍在山毛櫸森林中、繞行一周約三町（註）左右的水池，水色碧綠深沉，色澤詭異，彷彿有妖怪出沒，妖異氣息似有魑魅棲生。據說，跟三輪神有關的傳說便來自此處，池水永不乾涸。

附近的風景有著激烈的色彩、深沉的孤獨，及沁入人心的寂靜，對我來說是這個村子最大的魅力。繞一圈後回去，剛好可趕上七點半的早餐。穿過後門，沿著酒倉繞到前門，恰恰撞見只穿著內褲的海老塚醫生在後院小河邊擦身體、做體操。

「早啊，昨晚您也住在這裡？」我向他打招呼，但他瞥了我一眼，沒回話，眞是彆扭的怪人。小兒麻痺導致的跛腳，讓他袒露出的雙腿粗細差異明顯可見。他好像對所有人都帶著敵意，就算我們主動搭話也不太回應。但自從這群文人來到山莊，他幾乎每晚都會過來，滿臉不悅地靜靜待在酒席一隅，不過或許他其實挺樂在其中。

踏進大客廳，大家已到齊。聽說餐點準備妥當，我們走向餐廳。海老塚醫生稍晚才來，接著宇津木秋子也一臉恍惚疲憊地出現。

「總覺得頭好痛啊。我其實不想吃飯，但一想到已是大家集合的時間，又覺得不能再睡。」

「昨晚熬夜了嗎？」蝴蝶小姐問。

「沒有，我睡太多了，現在還想睡。來到山裡是不是會特別想睡？大概是平時生活作息不規則，偶爾過規律生活似乎太健全，竟覺得自己很有紀律。」

「就像壞女人偏好行善一樣的道理吧。」光一大聲地說。

「給我水就好。」

「該不會是生病了吧？」彩華夫人問。

「嗯。除了吃沒有其他長處的我，居然沒有食慾，或許真的生病了。」

「我看是害喜吧。」光一說道。

「不如請海老塚醫生瞧瞧。」

一馬安慰昔日的妻子。她現任丈夫木兵衛不高興地板著臉，但反正他們應該遲早會分手。

「哎呀，萬一真的生病怎麼辦。」

「這是用腦過度的『智慧熱』啊，宇津木小姐。您最近不是在長智慧嗎？正是發育得蓬勃茁壯的時候呢。」駝子詩人內海出聲挖苦。秋子確實是終戰後最熱門的女作家，創作力旺盛至極。

「歡樂人生，歡愉別離。像宇津木小姐這樣意氣風發的極盛時期，上天頂多只能懲罰她

註——一町約三千坪。

食慾不振。連上天也力有未逮，我看宇津木小姐要成爲天才了。」丹後弓彥也稍加嘲諷。

「啊哈哈哈哈，壞女人食慾不振，實在讓人擔心。該不會是哪位太過『不振』的關係吧？」

光一總愛開黃腔。

等到大家快吃完，珠緒小姐才終於出現。

「哦，大家在喝咖啡啦？我睡過頭了，眞睏。」

「妳會想睡也是當然。」光一又搶先捉弄她。

「我什麼都不想吃。王仁先生還在睡啊。」

只剩下王仁沒出現，光一咧嘴大笑。

「瞧瞧，果然是男人比較累吧。像王仁那種體格，想必比珠緒小姐更疲勞。這得靠宇津木小姐的小說了，繪畫可沒辦法把這種露骨的場面當題材。繪畫是神聖的，文學是污穢的。」

「我去叫他。」

珠緒小姐丟下這一句，哼著香頌奔上樓梯。過了一會，她安靜地走回來，一臉蒼白，雙眼茫然失焦，完全說不出話。

「王仁先生死了。」

一馬愕然抬起頭，「什麼？」

「王仁先生……被殺了。」

她搖搖晃地坐在一張空椅子上，宛如化石般呆滯。一馬緩緩站起，環視在場所有人。

「寸兵，你跟我來。」他叫上我。

「各位，請在這裡稍等，我去看看。只有寸兵跟我一起過去，還有海老塚醫生。」

眾人都沉默無語。我和海老塚醫生起身，僅有我們三人走出了這個連一點咳嗽聲都沒有的安靜餐廳。

王仁確實被殺了。他身上一絲不掛，心臟被刺了一刀。那把短刀像固定在他身上的圖釘一樣刺著。奇怪的是，幾乎沒有太多血跡。這傢伙沒殺人，反而被人所殺，聽來實在荒謬，我遲遲無法相信這是現實。到底是誰殺了這個人？我只是覺得眼前的情景未免太乾淨俐落，死狀簡單明瞭，甚至讓我懷疑王仁還活著，說不定我們都被騙了。

海老塚醫生把了脈，再翻開王仁的眼皮確認。

「確實死了。」

「自作自受。」我忍不住吐出這幾個字。

一馬安靜地凝視著王仁，好不容易才回過神。

「總之，我們先離開這個房間吧，維持原狀。沒辦法，這事瞞不了警察，也騙不了其他人。」

我們來到走廊上。我看看手表，時間是八點二十二分。我們打電話給村裡的派出所，然後回到餐廳。眾人沉默地期待我們的回報，但一馬和海老塚都不說話，我只好開口。

「王仁死了，是他殺。」

「確定是他殺？眞的嗎？」光一問。

「確定是他殺。王仁或許和你一樣是怪物，但他應該沒本事拿短刀刺向自己的心臟。」

我注意到秋子小姐的表情出現明顯的變化。她很驚訝嗎？對什麼感到驚訝？察覺我的視線，她凌厲地盯著我，但除了我之外，另一個人也觀察到她的變化。那就是珠緒小姐。她突然指向秋子小姐，歇斯底里叫著：

「我知道誰是兇手！就是女作家——宇津木秋子老師。眞了不起，竟有本事殺人。」

珠緒小姐站起，彷彿要揭穿戲法，將原本緊握在手心的一個小東西，改爲揪在指尖示人。

「這打火機的牌子，是宇津木老師愛用的登喜路。除了宇津木先生以外，在座的美男子沒有其他人用登喜路。這就放在王仁先生枕邊的桌上。桌上的菸灰缸裡，還有沾染口紅的菸蒂。我昨晚離開那房間時可沒有這些東西，妳還有什麼好說的？」

珠緒小姐將打火機丟在餐桌上，癱坐在椅子裡，就像要打呵欠一樣。秋子小姐的表情宛如接受宣判的罪人，先是低下精疲力盡的臉，然後顫抖著抬起。

「我沒有殺他，這不可能。我也沒有什麼短刀。」

「別再說了，怎能就這樣稱她是兇手？確實有人殺害王仁，但在場的每個人都有想殺他的念頭。値得尊敬的代表選手，怎能冠上『凶手』這個稱號？與其爲了找凶手而起內鬨，不如設法證明自己的清白吧。」

聽到我這麼說，海老塚輕喃「百鬼夜行，不難想像」，接著站了起來。我就在他身邊，所以聽得見他這句低喃。他起身就要離開。

「海老塚醫生，調查結束前，我們都不能離開吧。」

「我沒那種閒工夫。一大堆病人在等我，那些被人揹著、從天還沒亮就走三里多山路來找我的病人。殺人？那根本是你們這群人遊戲的結果。就算村民的生命賤如草芥，好歹也比草芥貴重一些。賤如草芥的傢伙被殺了。再見了，各位。」

「這個裝模作樣的冒牌貨，什麼天才名醫！」光一朝著海老塚背後破口大罵。「你倒是振作精神要殘殺患者了嗎？你那種眼神，我在精神病院看過。竟敢讓一個瘋子把脈，這山裡的人眞是不知死活。」

派出所的巡警趕來。這位南川友一郎巡警是推理小說迷，不過他第一次遇到眞正需要推理的案件，明顯看得出他相當緊張，而且幹勁十足。他煞有介事地在現場的門上貼滿封條，愼重告誡所有人不得破壞現場後，打電話聯絡總署。

「發生大案子了……喂，聽得到嗎？東京的當紅知名作家望月王仁……當紅知名作家！當、紅、知、名、作、家，不懂嗎？三腳貓作家的相反啊。對啦，眞麻煩，總署沒有懂文學的巡警嗎？」

5 CHAPTER

第五章

貓鈴

縣警一行來到這裡要花五個多小時。南川友一郎巡警嚴格要求我們都留在餐廳，連出去散步也不准許。

「啊啊！不行，這樣足跡會消失，也不可以在走廊上徘徊。連一根頭髮、鞋子上掉下來的一粒砂，都會成爲破案關鍵，全都很重要。各位的合作，及這幾個小時的忍耐，將大大提升犯罪科學的偉大效用。」

警方只留下一條通往廁所的路讓我們走。十一點半左右，巨勢博士抵達。我迫不及待想告訴大家他來了。這身高不過五尺出頭的小個子，一張圓滾滾的臉，看起來就像可愛的二十三、四歲毛頭小子，跟人打架或許動作挺敏捷，但絲毫沒有大偵探的姿態。聽一馬和我說明始末時，他彷彿在接受偵訊，誠惶誠恐地點頭稱「是」。

「這封信是僞造的，憑你的眼力應該立刻就能看穿眞相吧。」

「哪裡的話，我才沒有那麼大的本事。喔，這就是歌川先生眞正的筆跡嗎？哇，豈不是一模一樣？太厲害了。跟原本的筆跡難分眞假，實在了不起。」

因此，大家對巨勢博士都沒什麼信心。不過，他挺有人緣。那圓滾滾的可愛外貌，又對女性彬彬有禮，一點也不盛氣凌人，所有女人都很喜歡他。

「巨勢先生現在有沒有好對象？」

「咦？說到這一點，我就不太好意思了。」

「怎麼不帶她來？拍電報找她過來吧。」

「她很怕生，畢竟是十七歲的清純少女。」

「哎呀，那兩位應該還沒接吻過？」

「有過一次。她滿臉通紅，但並沒有生氣。哎呀……」

「那不妨來一趟蜜月旅行，快邀她來吧。」

「這裡的生活她不太習慣。她不懂怎麼吃西餐，也沒握過刀叉，目前還在練習。」

大家被友一郎巡警關在這裡，只好拿巨勢博士來取樂，排憂解悶。

兩點半時，初審法官、檢察官、警官等一行人，搭乘公用車到達。在一馬的說項之下，巨勢博士獲准和警官一樣進出現場。

法醫驗屍結束，現場也採到許多指紋。搜查部長平野雄高警部（註）有著透徹精準的眼力，第一眼看到任何精巧的犯行都能發揮敏銳的第六感，到了第二眼、第三眼、第四眼掃視時就已視破機關。如此推理能力放在鄉下地方實在太可惜，說到這位「第六感警部」全國警界幾乎無人不知。他銳利掃視現場兩、三眼後，做出各種指示，布下綿密的搜查網。

「沒出血應該有什麼特殊理由吧。比方，當時其實人早就死去。」

「解剖前都很難說，但這種情況就是俗稱的『心包填塞』。雖然罕見，不過當凶器呈直角刺入心臟時，也可能只出現內出血。可是，一切都要等到解剖後才能斷定。」

註——日本警察制度的階級，由下而上依序為巡查、巡查長、巡查部長、警部補、警部、警視、警視正、警視長、警視監、警視總監。

警方將屍體裝上卡車，送到縣立醫院進行解剖。

「咦，這是什麼？」一名刑警從床架下撿起一個黃銅小鈴鐺。這刑警名叫荒廣介，職掛部長，是縣內頂尖的偵探。他具備敏銳的靈感，憑著他對犯罪的嗅覺，能夠發現各種手法，揪出眞凶。刑警之間都稱他爲「好鼻師」，相當倚重他的能力。

「那是什麼？」

「是個鈴鐺。」看起來是便宜貨，就像掛在貓脖子上的那種。

「床架下還有其他東西嗎？喂，『讀過頭』，你個子小，趴下去瞧瞧。」

「好鼻師」儼然一股大哥風範，下達命令。這個被稱爲「讀過頭」的刑警，本名叫長畑千冬，腦子裡有一堆跟他很不搭襯的知識，也不知是從哪裡得來的。他學過一點德文，也略懂醫學，但說到推理，卻算不上特別出色。他總是把單純的犯罪想得太繁複詭異，往極曲折的方向解釋，一個人鑽起牛角尖，於是有了「讀過頭」這個綽號。這次的案子似乎是來自東京的知識分子的複雜犯罪，說不定反而適合「讀過頭」刑警，所以「第六感」警部才帶他和「好鼻師」刑警這對搭擋來。「好鼻師」刑警有著能敏銳感知的好嗅覺，不過個性衝動又容易自以爲是，應付鄉下地方的案件或許可憑藉直覺，如果遇到智慧型的計畫犯罪，他的方法可能不夠縝密。

「讀過頭」刑警趴在地上，潛入床鋪底下。

「哦，奇怪了，床鋪底下有件上衣。」

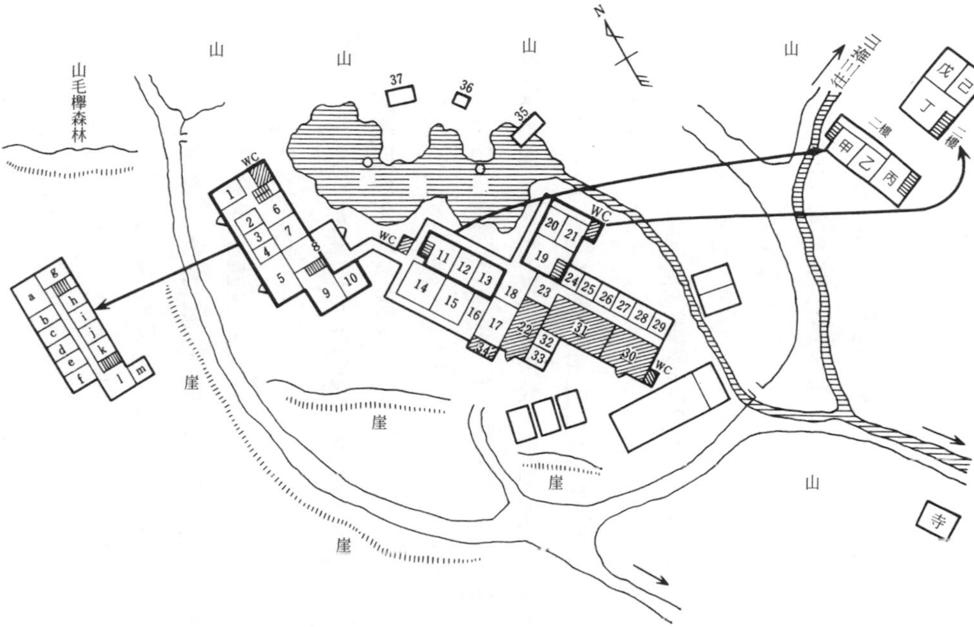

1 內海明寢室
2 和室
3 和室
4 和室、光一寢室
5 餐廳
6 撞球室
7 談話室
8 客廳
9 廚房
10 坪平夫妻
11 起居室
12 同前
13 珠緒寢室
14 前廳
15 同前
16 佛堂
17 前室
18 茶室
19 多門起居室

20 多門書房
21 多門寢室
22 內玄關
23 地爐
24 琴路
25 下枝
26 八重
27 空房
28 喜作傳婆
29 加代子
30 男僕房（土間）
31 廚房（土間）
32 浴室
33 酒室
34 玄關
35 釣殿
36 涼亭
37 夢殿

a 一馬寢室
b 王仁
c 丹後
d 神山夫妻
e 三宅木兵衛
f 宇津木秋子
h 巨勢
i 人見夫妻
j 空房
k 矢代夫妻
l 觀景室
m 浴室
g 彩華
甲 一馬書房
乙 一馬彩華寢室
丙 彩華起居室
丁 南雲家用起居室
戊 千草由良
己 南雲一松

他拉出上衣，只見上面有一處沾滿灰塵，就像抹布一樣，殘留擦拭過什麼的痕跡。

「咦，會是擦過哪裡？是這邊桌上，或是書桌上？」

「那種地方會有這麼厚的灰塵？還用想嗎？當然是上衣原本所在的地方啊。」

「床架底下嗎？」

「你去看看。」

「嗯，原來如此，眞的有擦拭的痕跡。可是，爲什麼要特別擦床下？那裡又沒有流下任何一滴血或水的痕跡。」

上衣是被害者的。

現場綿密的搜查到了傍晚終於結束。凶器上沒有指紋，枕畔桌上的細頸瓶和杯子上採到幾枚指紋。對照眾人的指紋，發現除了被害人的指紋之外，跟珠緒小姐和秋子小姐的指紋相符。秋子小姐的指紋，很明顯是握住細頸瓶倒進杯子時留下的。細頸瓶裡留著極少量的暗褐色液體。

「窗戶本來就是開著的嗎？」

「床鋪腳邊的那扇窗開著，不過凶手應該不是從那裡進來。窗旁沒發現掛梯子或攀爬的痕跡。」友一郎巡警露了一手，顯示他看守大半天並不是一無所獲。

「附近沒有蚊子嗎？」

「怎麼可能，這裡是黑斑蚊勝地呢。那個多寶格櫃裡，應該有燒蚊香用的瀨戶陶器吧。」

「這我當然知道，可是，我沒看見裡面有香灰，才會有此一問。」

桌上整齊放著五十張左右寫好的稿子，和大約五百張的空白稿紙，似乎沒人動過。房間沒有被翻找過的跡象。

警方決定等解剖結果出爐再正式展開偵訊，除了這天留宿派出所的幾人，鑑識小組先行離開。送眾人離開時，「第六感」警部對其中一人說：

「喂，明天讓『靈光現』過來。這案子明顯涉及不少高雅聰明的貴婦人，內情複雜糾結，我一定吃不消，只能靠『靈光現』。」

聽到這句話我也很驚訝。

「『靈光現』是什麼？」

「啊哈哈哈哈，您聽到啦，那是總署的招牌女偵探，名叫飯塚文子。這罕見的奇才來鄉下地方當警察，眞是大材小用了。她有點傲氣，長得漂亮，挺有女人味，讓人忍不住想逗逗她。但大家這麼逗弄奉承，她不免就擺起架子，對所有男人嗤之以鼻，不屑一顧。在本縣，連有十次前科的殺人犯見了都要害怕三分的『好鼻師』，也不被『靈光現』放在眼裡。然而，她的觀察力確實出色，腦中經常閃現靈光，不管是見過的、聽過的，都可能成爲靈感，靜靜坐著也會有靈光掠過。雖然有八成左右不準，偶爾還是能說中。她屬於無視推理的跳躍型思考，只要偶爾能猜中就夠了。任何大小事都會在她腦中飛竄來去，繁忙不已。我不知道各位腦中的靈感都是以什麼方式出現，不過『靈光現』的就像是電光石火般的突發流線型，讓人望塵莫及。」

「第六感」警部一行和我們圍坐在晚餐的桌邊。「好鼻師」刑警和「讀過頭」刑警也一起舉杯。「第六感」警部嗜吃甜食。

「能夠這樣跟各位打成一片，我們覺得很光榮。一聽到警察，一般人往往會帶有偏見，懷抱敵意看待我們，實在無奈。警察不是專門製造犯人的公司啊。對了，抱歉在各位用餐時說煞風景的話，不過，這種時候與其刻意迴避，不如坦蕩地討論。大家敞開胸懷交流，才能梳理心情，對彼此都好。如何？要不要輕鬆聊聊，分享彼此的發現？這棟別館是山裡少見的洋樓，是鋼筋水泥建造的吧？」

「沒錯，是萊特式（註）的設計，屋齡應該有十五年左右了吧。主屋大概有一百五十年。」

「那麼入口的鑰匙想必極爲精巧。」

「在這種深山裡沒人會鎖門，根本不擔心會有盜賊。當然，夜裡入侵的人是有的，不過是來偷情。」

「警部，別扯那些沒用的話了。凶手不可能是從外面來的，這一點大家都清楚。您這樣迂迴安撫，反而讓我們覺得您在開玩笑。」

我有點惱火地出聲。

「您有話就直說吧。從事文學工作本就是如此，我們也習慣這種方式了。刻意拐彎繞圈，只會讓我們心裡彆扭，根本不想回答。」

「矢代先生，看來您對這次的案件略有所知，可是我們還是一張白紙，一切得從現在開始瞭解。對您來說理所當然的事，我們其實一無所知，這些都必須請您告訴我們才行。那麼，容我請教矢代先生，您剛剛提到凶手不可能從外面來，理由是什麼？」

「犯案動機並非偷盜，畢竟有誰會特地從外面來殺那傢伙？」

「您的意思是，只有住在這房子裡的人，才可能是殺害望月先生的凶手？」

「這我不知道。但這房子裡大部分的人都很想要望月的命，根本用不著外人動手。」

「原來如此。不過，光憑您剛剛提出的理由，不足以證明凶手不會來自外部。從走廊出入口進來、爬上樓梯後，就是望月先生的房間。凶手可能是先進了這個房間，不巧望月先生醒來，於是殺了他。」

「凶器那把短刀，是談話室架子上的裝飾品，表示凶手很熟悉屋內的狀況。凶手一開始就懷有殺意，才會從那裡帶走凶器吧。」

「是嗎？但不一定就是如此。當天，那把短刀也一樣裝飾在架子上嗎？」

沒人開口。於是一馬回答，應該沒錯。

註——Frank Lloyd Wright（一八六七～一九五九），美國建築師。

「昨天晚上，大家像這樣聚在餐桌旁，然後……」

「然後？平常大家吃完晚餐就會各自離席，可是昨晚有矢代這些新客人到，所以大家繼續在隔壁客廳喝酒、跳舞，聊天到很晚。」

「哥，別瞞了。警部想知道什麼？當然是誰、在什麼時候下手這件事啊。我來告訴您吧。王仁先生和我早大家一步，先回王仁先生的寢室去。我不記得那是幾點。我離開王仁先生的房間時，他已睡著，當時書桌上沒有這個打火機，也沒有沾了口紅的菸蒂。我是不抽菸的。我關了電燈，便離開房間。接下來，就請問問打火機的主人——宇津木秋子老師吧。宇津木老師，請。」

秋子小姐似乎做好了心理準備。

「我到王仁先生房間時，大概是一點左右。」

她說得篤定。

「王仁先生睡著了。我聽到他的鼾聲，不會有錯。我試著搖他，他也沒有醒來的跡象，所以我坐在椅子上抽了根菸。」

「當時，您喝了細頸瓶裡的飲料嗎？」

「喝了，瓶裡剩的不多。」

「那是什麼飲料？」

「老鸛草。王仁先生看起來身體結實，其實胃不好。他每天都習慣大灌老鸛草來代替茶水。」

「冒昧請問，您到其他人的房間時，都習慣帶著打火機嗎？」

「不是每次。王仁先生不抽菸，我昨天晚上本來也沒帶打火機，到他房門前發現鎖著，於是我先回去，心裡有些納悶。想起王仁先生的房間鑰匙剛好在我手上，找了一下確實找到了。所以，我順便帶著打火機和香菸，再次前往他的房間。」

「妳說謊！我才沒有鎖門。」珠緒小姐大叫。

「可是，門眞的鎖著。」

「哦，這就奇怪了。後來鑰匙呢？」

「我把房門鎖上又帶走。打火機是我故意留下的，這樣王仁先生睡醒就知道我來過，也會發現有人鎖了門。我確實去過他房間，但除了我之外，其他持有鑰匙的人也來過。這個人是誰，恐怕只有王仁先生知道。我留下登喜路，就是爲了表達抗議。」

「騙人！妳這個大騙子。今天早上我發現王仁先生的屍體時，房門並未上鎖。沒有鑰匙的我不就進去他房間，還發現屍體了嗎？」

「看來，事情變得複雜了。這棟房子的每個房間，鑰匙是共通的嗎？」

「不，每個房間都不同。不過，同一把鑰匙可從房內往外、也可從外往內開。」

「那麼，宇津木小姐是帶著望月先生的鑰匙去找他。除了她之外，還有誰能開關這房間的門鎖？手裡有相同鑰匙的人？」

「沒錯。我們一個房間打了三把鑰匙，一把交給各位，另一把統一丟進隔壁大客廳桌子的抽屜裡，最後一把應該是放在保險箱。」

「抽屜嗎?喂，『好鼻師』，你去確認一下。」

一馬和好鼻師前去確認，發現抽屜裡的那串鑰匙不見了。客廳的桌子抽屜裡，放著印有歌川家名的信箋和信封、稿紙等等，賓客如果有需要隨時都能打開取用。

「誰看過抽屜裡的那串鑰匙嗎?」

「我看過。」駝子內海明馬上接口。

「什麼時候?」

「我想想，由於我沒帶稿紙來，聽說那邊有稿紙，就去翻了翻。可是，裡面只有信箋和信封，沒找到稿紙。當時我剛來不久，距離現在一個多月了。我也不記得是幾月幾日。」

「望月先生的房間，和隔壁房間有門相通，那扇門的鑰匙呢?」

「門鎖著，鑰匙不會交給客人。但被偷走的鑰匙串裡，當然有這把鑰匙。」

「隔壁住著誰?」「第六感」警部攤開顯示每個人房間位置的圖面。

「啊，是丹後弓彥先生，我經常在雜誌上拜讀您的作品。昨晚隔壁房間有什麼奇怪聲響嗎?」

「每天晚上都有奇怪聲響，我沒閒工夫一一留意。王仁死了，我今天應該能睡個好覺了吧。愛慾之聲和殺人之聲，究竟有什麼區別?」

用完餐後，大家魚貫走向隔壁客廳。『好鼻師』刑警越過隊伍，超前叫住彩華夫人。

「不好意思，夫人。冒昧請教一下，這拖鞋……」

「喔，我的室內鞋怎麼了嗎？」

「室內鞋？原來不是拖鞋，是鞋子啊。您平常都穿這雙鞋子嗎？」

「您是想說，品味很糟嗎？大家經常取笑我，但我就喜歡像玩具一樣誇張華麗的東西。我還有七雙左右這種品味糟糕的室內鞋，會根據每天的心情換著穿。」

「每雙都有鈴鐺嗎？」

「只有這雙。」

「昨天您也穿這雙嗎？」

「昨天？昨天啊……對，昨天我也穿這雙。不過，我還穿過其他雙。爲什麼問這個？」

「拖鞋上有個鈴鐺掉了，您記得是什麼時候掉的嗎？」

「對了，我今天早上穿的時候發現鈴鐺少一個。我經常又跑又跳，還常跌倒，十分粗心大意。但這雙室內鞋我特別喜歡，很可愛吧。您不覺得嗎？您也覺得可愛吧？」

「啊，這、這個……我們鎭上從沒見過這種東西。」

警官離開後，我們繼續喝酒。不太愛喝酒的木兵衛喝了不少，一直沉默不語。宇津木秋子也一口氣仰盡平時不喝的啤酒。

「來這裡之前，我們早就是名存實亡的夫妻。」

木兵衛低聲說。他不習慣喝這麼多酒，臉色鐵青，眼露狂氣。但儒弱的他不敢看向秋子小姐，視線飄往相反方向。

「再怎麼說，同在一個屋簷下還去招惹其他男人，這是品行問題了吧？妳和歌川分手跟了我，一直讓我耿耿於懷，現在我只覺得羞恥。遇到這種女人，我們都成了狗。我感到如同狗一樣的恥辱，可是，她卻自以為是個人，實在太可笑了。」

秋子小姐沒說話，光一插嘴：

「都什麼時候了，別再擺弄那些《哈姆雷特》（註）式的台詞了吧。你們在這裡相識、在這裡分手，因果歷然，有始有終，不也是一樁美事？」

「住嘴，你這個混蛋，你只管跟你朋友說話。這裡沒有你的朋友。」

「混蛋？稱昔日妻子是狗，虧你一臉紳士。反正我本來就討厭男性朋友。宇津木小姐真了不起。哈姆雷特可不會把女人當狗，要把女人當狗，最好有獅子等級的精神力。就是這種思想和生活都一團糟的傢伙在介紹外國文學，日本才會老是這麼土氣。宇津木小姐，您說是不是？我們交個朋友吧。老是跟這種傢伙一起生活，描寫不出真正的男人。不如就把今天當成我們的紀念日吧。」

「這是你第幾個紀念日？」

「翻翻天主教的日曆，沒有一天不是紀念日啊。我們也可仿效天主教，三百六十五日，全是紀念日。」光一毫不客氣地起身抓住秋子小姐的手，秋子小姐往後一退。

「你也太不正經，竟捉弄一個命案嫌犯。」

「欸，這話太老派了吧。我覺得用我們的吻來追悼王仁，可是無比神聖又純粹。生死輪迴本是人生的道理，我們應該從情人被殺的當天開始生死輪迴才是啊。」

「我今晚頭痛。」秋子小姐別過臉就要離開，光一追在她身後。這時，幾顆高爾夫球飛來，一個砸中他的頭，一個打中他的肩膀。彩華夫人剛剛手裡還把玩著高爾夫球，光一轉過頭，她佯裝不知，躺在椅子裡望著其他地方。

「可惡！」

光一撲向彩華夫人，勒住她的脖子，連椅帶人往後推倒。我站起來，同時人見小六也握著啤酒空瓶起身。我推開光一，人見小六的氣勢驚人，他曾是傳說中的左翼鬥士、打架名人，更讓我放心的是有巨勢博士在場。學生時代起，博士就一人能敵十人左右的流氓，腥風血雨的爭戰中一點也不輸人，稱霸後巷。博士完全忽視我們的爭執，只是笑著喝酒，但我知道若有萬一他絕對會出手幫忙，壯了不小膽子。

「呿！裝什麼騎士風範，要是像歐洲人一樣向我申請決鬥，我就一一跟你們較量。你們不湊在一塊就什麼事也辦不成嗎？蠢貨！」光一打開桌上兩瓶啤酒的瓶栓，一手抓起一瓶直接對著嘴喝，邊走進院子。

註—莎士比亞的四大悲劇之一，講述丹麥王子哈姆雷特爲父報仇的故事。

「看來，得好好整治他一次。把他圍起來痛打一頓如何？」

神山東洋說道。他們夫妻經常到傭人聚集的地方去玩，聽說在那裡很健談，可是跟我們在一起時卻很少開口。

「你看起來拳頭挺硬的，不是靠這個維生嗎？」

駝子詩人毫不遮掩地說出自己的感受。但他臉上總帶著笑，又沒有惡意，說了也不會惹人生氣。

「見笑、見笑，我看起來像這種人嗎？其實我很膽小，根本不會打架。」

「如果不是像我一樣有爲女人揮拳的實力，就沒有戀愛的資格吧。這個時代愈來愈需要靠拳頭來守護佳人了。怎麼樣？木兵衛，法國有沒有駝子劍客？」

「內海先生還替我寫了詩集呢。題目就叫『寫給有心病的醜女』，不錯吧？裡面大大讚美我。既然沒有出言嘲諷，便不需要動拳頭了吧？爲了回禮，我也要讚頌這開朗的駝子。」

千草小姐這麼說道。我實在無法喜歡這位醜陋的小姐，她的心態相當扭曲，表面上看來坦率，但說出來的話跟心裡想的都剛好相反。嘴上說自己是醜女，內心卻很自戀。她只是自稱醜女，其實心態自卑扭曲。

「不用想太多，我純粹是在歌詠醜女罷了。」

「哦，沒想到你會害羞？我們獨處的時候，你不是挺多話？」

「醜女怎能追求醜男？醜女得暗地裡渴慕美男，醜男則要爲美女愁苦，這樣才對。跟我比起來，西哈諾（**註**）根本排不上醜男之列。他的詩寫得又比我出色，我根本一點長處都沒有。」

內海雙手抱頭。他的手指細長、指節突出，加上臉特別小，這麼一抱頭，整張臉都埋進雙手中。駝子詩人倏然站起。

「好！我要退下了，今晚不如來寫首詩給醜女吧。」

「等等，要不要去散散步？不要？你不討厭吧。」

「我並未如此期望。」

「別去院子，光一先生一定在裡面大灌啤酒。我們往這裡、往山毛櫸森林這邊走吧。」

千草小姐從櫥櫃抽屜裡拿出手電筒，強勢地催促駝子詩人。兩人從餐廳出入口離開。

「眞噁心！」珠緒小姐憤憤吐出一句。

「不是挺可愛的嗎？」

神山東洋說道。如果不是他，也不會有其他人在目睹這樣明顯令人不悅的場面時插話。

「那叫可愛？眞不懂『可愛』到底是什麼意思。千草小姐只是想學美女擺布男人。她覺得駝子詩人應該能受她擺布，擺出一副女王的姿態，實在受不了。硬裝上孔雀翅膀的烏鴉都比她好一些。」

註—出自一八九七年的舞台劇《風流劍客》（*Cyrano de Bergerac*），講述貴族青年西哈諾既是詩人，又是劍客，卻長著大鼻子，受人嘲笑，只能悄悄愛慕漂亮的表妹。

女人這種生物，在觀察彼此的壞心眼上堪稱天才。相較於美麗的事物，她們似乎更容易注意到污穢的東西。珠緒小姐從剛剛開始就喝了不少酒。她今天不太高興，一直安靜地灌酒，現在眼神看起來也不太一樣了。

「我今天要喝個痛快。」

「別再喝了，珠緒小姐。等一下又吐，會很不舒服。」

彩華夫人勸她，蝴蝶小姐也跟進。

「就是啊，珠緒小姐。喝成這樣對身體不好，夠了。」

「噢，可是，讓人家再喝一點嘛，再一點就好。告訴你們，這樣靜靜地喝，就會出現幻覺。王仁先生被殺的幻覺，而且看得很清楚。連一個女人揮下短刀的表情，都看得一清二楚。那是一張鬼魅的臉，嫉妒之鬼的臉。」

「好了、好了，別再說這些。今天就先休息吧。」

「嗯，抱歉啊。」

珠緒小姐抓著彩華夫人的手，抽抽噎噎哭了起來。這對姑嫂似乎處得不錯，但當秋子小姐還是兄嫂時，她們經常起衝突，從當時兩人就水火不容。

彩華夫人環抱著抽泣的珠緒小姐離開，過了十分鐘左右回來，女傭追在後面。

「夫人，小姐吐了，看起來很痛苦，說要請海老塚醫生過來。」

海老塚猛一抬頭，開口：

「開什麼玩笑！聽過醫生特地去照顧醉鬼的嗎？女王也沒這種架子，下去！」
他的態度相當堅決。
「妳去找琴路小姐。」
「是。」
琴路是護士的名字。過了三十分鐘左右，女傭又出現，回報小姐已熟睡。當時是十點五分。接著，光一回來，大家正好趁機起身，紛紛回房就寢。
「怎麼？犯不著看到我來就逃走吧？去去去，都走吧。我要一個人安靜喝酒，再好不過。」
我們把這句話當耳邊風，各自回房。然而，傳來不知是陶器還是酒瓶的碎裂聲，我打開門觀望樓下的狀況，只見彩華夫人臉色大變逃了過來。
「怎麼了？」
「那、那傢伙趁我在整理的時候，突然……」
她停了下來，腳步搖搖晃晃，重整心情後往自己房間走去。這時，我聽到她室內鞋上的鈴鐺聲。想起「好鼻師」刑警的話，我忽然一陣不安。
我敲敲巨勢博士的房門。
「怎麼樣？有眉目了嗎？」
「你未免太看得起我了吧。我又不是福爾摩斯，現在還是一頭霧水。首先，對我來說，比起犯罪氣息，這房子的情慾刺激太強，我光是努力對抗已精疲力盡，只好拚命回想東京那女孩的身影，以免失控。」

「對了，王仁被殺的現場，該不會掉了一個彩華夫人室內鞋上的鈴鐺吧？」

「猜得沒錯，就在床鋪下。」

「哎呀，這樣彩華夫人不就成了頭號嫌犯？」

「怎麼會呢。就算是貓，也不至於搖著鈴鐺去抓老鼠啊。說到這個，我問你，關於這房子的配置圖，大家的房間是誰分配的？爲什麼只有內海先生住一樓？」

「我不清楚，去問問一馬吧。」

我們前往一馬的房間。由於彩華夫人在更衣，我們在外面稍等片刻。

「請進、請進，彩華從昨天晚上就住在我這裡，土居光一的出現讓她很害怕。」

「畢竟事態不尋常，顯然有人動了手腳。假如今天的命案也是那人盤算的一部分，到底在婆婆忌日那天會發生什麼事？又是誰拿走了鑰匙？對了，我們拿繩子把門捆住吧？不，還是用鐵絲比較牢靠。」

「不用這麼神經質吧。巨勢先生也來了，凶手不可能逍遙太久。」

「巨勢博士想知道，客人的房間是誰安排的，爲什麼只有內海住在樓下？」

「內海的房間是依他的意思。他說上下樓太累人，而且那裡離廁所很近。其他人沒有特別原因，是我隨意分配的。只有土居光一，因彩華不想跟他一起睡在二樓，所以雖然二樓還有空房，我仍分配他住樓下的和室。」

「平常沒有客人，我們不會使用這棟別館。主屋的起居室和珠緒小姐的寢室樓上那三間房，就是我們的房間。」

「神山東洋跟府上有什麼利害關係嗎？」

一馬猶豫片刻，終於開口：

「神山以前是我父親的祕書，但辭去祕書工作後也經常出入，我猜可能是父親有什麼把柄在他手中，他藉此威脅父親。我問過父親，不過他沒告訴我詳情，所以我並不清楚。去年逝世的母親非常討厭神山，那討厭的程度極不尋常，我也曾懷疑可能是跟母親有關的祕密，但一切都是我的想像。總之，父親的政治生涯充滿心機謀略，當然有許多足以受人威脅的材料，身爲兒子的我既不能問，也從來沒想過要問。」

「神山東洋經常來嗎？」

「一年來四、五次吧。他妻子以前是我父親的愛妾，本來是新橋的藝伎。他總是帶著妻子大大方方上門，把這裡當成自家，留宿幾天才走。對了，去年母親逝世的兩、三天前他也來了，偶然碰上母親臨終。聽說母親逝世前一天，他曾支開其他人，跟病床上的母親發生爭執。我推測他用以威脅的材料不僅與父親有關，也可能透過母親來勒索父親，但這都是我的想像。」

看到彩華夫人絢麗的睡衣，我目瞪口呆。那應該相當費工夫，把中國服裝服加工成西洋風格，色彩的組合上也展現精湛的技巧。

「夫人的睡衣看上去跟禮服一樣。」

聽我這樣取笑，一馬苦笑著說：

「這種像禮服般的睡衣大概有十四、五件吧，到了明年此時可能會有好幾十件。她覺得同一件睡衣連穿兩晚很可惜，剛剛也一邊咒罵著土居光一，一邊換衣服。她的衣服不放在這房裡，每天早中晚都固定要換衣服、換髮型、換首飾。這麼勤快實在讓我佩服。」

彩華夫人只是微微一笑，並未回應。不管以什麼方式成爲話題的焦點，她都確信自己深深被愛。這個人的愛情有多麼可愛呢？她就像是僅僅爲了夜晚而活的女人。雖然害怕殺人犯，但其實這種事在她眼中應該沒什麼大不了。她就是如此可愛、美麗，天生只具備考慮這些的本能。

我回到自己的房間，京子不太開心地說：

「剛剛老爺的小妾來過，要我們明天用完早餐去找他。他本來想過來，可是身體狀況不太方便。」

眞不是個好消息。歌川多門感冒時喝多了啤酒弄壞肚子，在我們抵達的那天早上就臥床不起。從政壇引退後，他每天請村裡的棋手來陪他下棋，日子過得很無聊。聽說偶爾他會出席在別館的晚餐，我們還沒見到他。我不禁暗自祈禱，如果停留期間多門一直生病未癒就好了。

「那個叫下枝的小妾長得相當可愛，以乎是十八歲。不知道跟琴路小姐處得如何？」
「別再說這些了。我今天已聽夠這群人之間的糾葛。」
我也喝多了，有點累，沒多久就睡著。

6 CHAPTER

第六章

第二椿命案

隔天早上，警方一行不到六點就抵達，展開行動。

昨晚進行到深夜的解剖似乎發現了新事證，鑑識小組全速馳騁在清晨的街道上趕來。王仁的弟子，和相關出版社的社長或職員，預計會搭夜車，在中午左右前來接收王仁的遺骨。王仁的屍體在解剖後經過處理，一樣大約會在中午左右送回這裡，預計馬上火化，今晚在遺骨前守夜。

我們吃完早餐後，等待的警方一行出現在餐廳。「第六感」警部先是殷勤一禮，開口：

「抱歉，一大清早就說這些不愉快的消息，但解剖結果發現意外的事實，容我簡單報告，同時也希望獲得各位的建議。望月先生在被短刀刺殺前，服用相當大量的安眠藥。然而，望月先生的隨身物品中並無安眠藥。另外，根據調查結果，很可能是其他人讓他服下的。」

「啊！」秋子小姐輕呼一聲。

「安眠藥，該不會是放在老鸛草裡吧……」

「沒錯，您想到了什麼嗎？」

「昨天早上腦袋莫名昏沉，我正覺得奇怪，再說……」

「再說什麼？怎麼了？」秋子小姐環視眾人一圈。

「我只是突然想到，珠緒小姐提過她頭很沉，可能她也喝了吧？」

只有珠緒小姐尚未出現在餐廳。一定是酒喝太多又吐了，一點也沒有吃早餐的胃口吧。

「老鸛草都是由誰煎煮？」

「王仁先生是珠緒小姐招待的客人，通常是由珠緒小姐親自煎煮或吩咐女傭。但上個月底，坪平先生來這裡專門負責客人的餐點，所以樣樣都由他包辦，有時候也會由他的太太幫忙煎煮，早晚各一次。王仁先生完全不喝其他茶水，除了酒精以外，只喝老鸛草。」

彩華夫人說明後，千草小姐接過話：

「昨晚，不對，應該是前天傍晚吧，老鸛草是珠緒小姐親自煎的。我去幫忙做菜，因爐子不夠，坪平太太問珠緒小姐可不可以先移開老鸛草。珠緒小姐不喜歡別人插手，一定得獲得她的同意才行。最後，珠緒小姐和坪平太太一起把老鸛草移開，放冷再倒入細頸瓶。那時候彩華夫人也在場吧。」

「是啊，在準備肉派。那是我唯一的拿手菜。」

「接下來是蒲燒鰻。」

「哎呀，我們這些平民老百姓光聽都要垂涎三尺了。」

「第六感」警部刻意低俗地笑了起來。這笑聲非常不適合他。

「兩位小姐、夫人、坪平夫婦，除了這五位之外，煎藥時有其他人進到廚房嗎？」

「這怎麼記得住呢……各位先生經常在廚房進進出出。內海先生天天都來討雪，說是要用雪冰腳，眞是怪人。由於廚房裡有冰冷的清水，丹後先生會來要冷水。人見先生和王仁先生則會來拿啤酒，一馬哥哥也不時會來拿東西。那天宇津木小姐也來過啊。」

「是啊，我一直在廚房。那天做了蕎麥麵，我來參觀，順便幫把手。珠緒小姐將老鸛草從爐子移開的時候我也在場。」

「那麼，老鸛草一直放在廚房嗎？」

「珠緒小姐先拿到水龍頭那邊冷卻，接著才換裝到細頸瓶，送去王仁先生的房間。除了珠緒小姐，應該沒人有機會碰到。」

千草小姐篤定地說。她看了大家一圈，尋求同意。

「意思是，把老鸛草從袋子裡裝進茶壺、放上爐子，煎完後從爐子拿下，倒進細頸瓶再拿走，都是珠緒小姐親自處理？」

「對，沒錯。」千草小姐一本正經地回答。

「王仁是死於安眠藥嗎？」我問。

「不，他應該是先喝下安眠藥，睡著後才被短刀刺死。加入老鸛草內的安眠藥，如果一口氣喝光幾乎可致死，但宇津木小姐喝過，珠緒小姐也喝了，所以望月先生實際喝下的只有全部的三分之二左右，這分量不足以致死。」

「其實，凶手大可用安眠藥殺死他，爲什麼要多花一道工夫？這應該有什麼意義吧？還有，警部剛剛提到，他是先喝下安眠藥，睡著後被刺死，但我們無法確認讓他服下安眠藥的，跟刺殺他的是同一人吧？難道已有證據，證明是同一人所爲？」

「這個疑問非常合理。究竟是不是同一人所爲？爲什麼要先讓他服下安眠藥再殺害？我們也還不清楚。目前能確定的是，有人讓望月先生服下加入安眠藥的老鸛草，及他在睡夢中被刺殺這兩個事實。假如這兩件事是同一人所為，凶手可能並不知道安眠藥的致死量；如果知道，表示使用安眠藥的目的或許不在殺人，只是想讓他睡著。若是以殺人為目的，這分量少了點。」

「會不會是惡作劇？他這個人很有可能啊。為了讓他睡得徹底，避免亂性，丟一點藥到細頸瓶裡整他，反正挺有趣的。」

駝子詩人咧嘴笑著說。警部想了想，回答：

「沒錯，可能只是惡作劇。但安眠藥並非直接投入細頸瓶，而是丟進正在煎煮的茶壺裡。今天早上調查的垃圾場留下煎煮過的藥草渣，可證明這一點。」

「那天廚房做蕎麥麵，十分熱鬧。」

秋子小姐還沒說完，千草小姐便接過話：

「對啊，可熱鬧的呢。不過，煮老鸛草的電爐在靠近門那邊，我們是在靠近窗戶這邊做蕎麥麵，有點距離，如果沒事不會刻意過去。那裡只有彩華夫人在準備肉派的材料，還一邊發牢騷，嫌老鸛草的味道不好聞。」

「是啊，我最討厭膏藥、煎藥之類的洛伍玩意。我不喜歡那種味道，聞了就想到寺廟。」

「光一先生在窗外抓到大蛇，是不是同一天？」

「大蛇？」

「只是大約一間（註二）左右的日本錦蛇。他說那條蛇吞了雞，要人拿菜刀來，剖開蛇腹給晚餐加菜。宇津木小姐也眞是大膽，竟跟上去。我討厭蛇，看都不想看。」

「我也怕蛇，可是愈怕就愈想看。」

「坪平先生他們都跑出去，大叔還從窗戶跳下去。」

「珠緒小姐竟敢拎著蛇脖子。」

聽駝子詩人這麼說，千草小姐不悅地回應：

「哦，沒想到連拎皮箱力氣都沒有的駝子先生，喜歡這種女人？我們根本就不想看到蛇。彩華夫人，對吧？我們完全沒理光一先生。那個人自以為是素戔嗚尊（註二）嗎？眞討厭。」

「素戔嗚尊啊，形容得好。夫人說不定是天照大神，那千草小姐又是什麼？」

「阿龜的火男啦！」（註三）

看到千草小姐眞的生氣了，西哈諾二世只得投降。

「光一先生，你平時不是很愛出風頭搶話？怎麼這時候反倒安靜了？莫非堂堂素戔嗚尊不想跟凡人說話？」

「我是品行端正的紳士，奉行只跟美女說話的戒律。」

這時，有人開了門。

門一開，一個年輕女人搖搖晃晃地現身，是名叫八重的女傭。她抓著門板，望向大家，然後癱坐在地。眾人不知她爲何坐下，後來才恍悟，原來她是驚嚇到腿軟。

「小姐她……」她的話斷斷續續，說不完整。

「什麼？怎麼了？」

「被殺了……」

「第六感」警部面向我們，吩咐：

「各位，請暫時待在這裡別動。」

他命令當地派出所的友一郎巡警留下監視，隨即趕過去。只有巨勢博士和一馬獲准同行。

過了四十五分鐘左右，巨勢博士獨自返回。

「珠緒小姐死了嗎？眞的？」

「是的，被殺死了。」

「是毒殺嗎？」

「這個嘛，還不清楚她有沒有被灌下安眠藥，但她是被電線纏住脖子勒斃。」

「啊！」兩、三個女人同時發出嘆息。蝴蝶小姐、彩華夫人、秋子小姐約莫也一樣。

註一―約一．八公尺。

註二―日本神話中的英雄。

註三―兩者皆爲日本傳統面具。阿龜是圓臉圓鼻的女性，火男是古怪滑稽的中年男性。

「不是自殺嗎？巨勢先生，可能是畏罪自殺啊。」千草小姐問。

「的確有些乍看之下是絞殺，其實是自殺的案例。但珠緒小姐的情況，毫無疑問是他殺。恐怕是有人趁她喝醉熟睡時下的手。」

「凶手有沒有留下什麼線索？」我馬上問。

「什麼都沒有。不過，跟上次一樣，目的不是偷盜。」

眾人一片沉默。

「實在太奇怪了，凶手到底會是誰？」

千草小姐狐疑地這麼說，陷入深思。

附記

現在要猜中眞凶是不可能的。之後命案還會陸續發生，但我保證，一切事實都會揭露在讀者眼前。讀者閱讀的事實中，便有足以推論凶手的明確、堅定如山的證據。巨勢博士絕對無法靠讀者所知事實以外的證據來推論犯人。

「好鼻師」和「第六感」警部也參加了這次的懸賞猜凶手活動，由於職業使然，他們生性猜疑，擔心我讀了大家的答案後會改寫凶手，眞是太沒禮貌了！這些人就是總心懷猜忌，所以從來沒能順利逮捕凶手。然而，我行事光明磊落，這項懸賞活動，雜誌編輯也可以讀者身分寄來解答。我會將解決篇的原稿密封，在徵求解答截止期限前交給編輯。截止期限過後再開封，將原稿送去印刷，讓人無從質疑。

關於法醫學方面的知識，我打算向好友長畑一正醫學博士求教，但他在猜測推理小說眞凶一事上，堪稱是我多年來最無能的敵手之一，他爲此懷恨在心，一定會企圖從我的問題中尋找靈感、識破我的祕密，這可不行。於是，我在翻譯家郡山千冬的介紹下，得到東京醫大淺田一博士的善意首肯，允許我隨時過去求教，因此得以親炙教授教導，謹致謝忱。在此端出法醫界權威之名，也是我的深謀遠慮，想讓讀者深陷迷霧中。所謂的推理小說，本來就需要運用各種心思。不過，面對眼前的對手，似乎不需要如此費事。

好，最後奉上戰書，想挑戰解答篇的各位：

江戶川亂步先生、木木高太郎先生、「第六感」警部、「好鼻師」先生、「讀過頭」先生、「靈光現」女士。以上（八月七日）

坂口安吾

7 CHAPTER — 第七章

嗜讀推理小說的老政客

珠緒小姐的脖子上纏了兩圈熨斗電線，熨斗本來放在寢室的架子上。

犯案時間約在午夜十二點到凌晨兩點之間，或許是趁她喝得爛醉，在熟睡中下手，現場完全沒有抵抗痕跡，也沒有任何施暴的形跡。胸部以下穩妥整齊地蓋著棉被，蚊帳也還吊著。不過根據女傭的證詞，珠緒小姐習慣點著枕邊那盞行燈型朱漆檯燈睡覺，可是電燈卻是關上的。房間並無被翻找過的跡象。

只有一個地方很奇怪。

珠緒小姐喝得大醉，難受地嘔吐，所以枕邊先鋪了報紙，再放上洗臉盆和托盤。托盤中擺著茶壺和杯子，裝的水裡摻有嗎啡粉末。

托盤上散落些許白色粉末。拿起杯子透著光看，可發現些微白色沉澱物。發現這件事的是「好鼻師」。昨晚負責照顧珠緒小姐的女傭名叫富岡八重，今年二十六歲，是個圓潤可愛的鄉下姑娘，警察將她喚來。

「這杯子裝的是鹽水吧？」

「啊，不，是淡水。」

女傭解釋，珠緒小姐想吐，於是她先拿了洗臉盆奔去，接著再帶調了鹽水的茶壺過去。珠緒小姐漱過一次口後，說討厭鹽水，要她換成淡水。

於是，她把茶壺和杯子拿回廚房，重新裝了淡水，順便取水桶和抹布來擦乾淨弄髒的地方。

女傭到客廳來請海老塚醫生卻被罵跑就是在這時候，她只能轉而去請諸井護士來。珠緒小姐好不容易才止住吐意。

「洗臉盆裡都是髒東西，先去換掉。」

諸井護士這麼吩咐，女傭馬上拿來新的洗臉盆，放在鋪好的報紙上，再清理滿是穢物的洗臉盆。

之後珠緒小姐幾乎沒再嘔吐，洗臉盆裡只有少量的胃液。

「小姐是用淡水漱口嗎？」

「啊？」

女傭十分茫然，不知所措，一副又要哭出來的樣子。

「妳端來托盤時，就有這些白色粉末了嗎？」

女傭看起來更想哭了。這姑娘恐怕不太靈巧，神情畏怯，脹紅了臉，說是不知道究竟有沒有。她的腦袋似乎也沒有能力思考、回想，顯得很不可靠。但她突然抬起頭，補上一句：

「我離開的時候，杯子裡的水還有八分滿。」

實際上，杯子裡的水確實有八分滿。這杯子裡的水和茶壺送到總署，隔天證實驗出了嗎啡。

據諸井護士說，她去了之後只是替珠緒小姐摸摸背，畢竟是醉酒引發的嘔吐，所以沒給任何藥，也沒做什麼特別處置。解剖的結果顯示，在她的胃中並未發現嗎啡，吐出的穢物裡也沒有嗎啡。

王仁被殺時，淺薄如我只覺得大快人心，看著屍體十分舒暢痛快，甚至還擔憂這傢伙是不是眞的死了？該不會被騙了吧？有這種想法的應該不只我一人，恐怕幾乎所有人都希望王仁消失。

我和王仁的作品風格完全不同，討厭我的人通常會稱讚王仁、對王仁辛辣的評論家則會給我高度評價。也因如此，我們這些作家文友之間，儘管會有結夥式的對立意識，不太會出現眞正的嫉妒。畢竟作品風格不同，不會產生眞正的敗北意識。

提到這一點，丹後弓彥和王仁的文風皆講究力道、才華洋溢，處理人物或發想的角度類型十分雷同，這種人之間就會有明顯的勝敗之分。幾乎要爲王仁那野性奔放的筆力折服的丹後，心中一定有著強烈的嫉妒。作家的嫉妒其實跟其他人的名聲、時下流行等沒太大關係，而與本質上無法改變的才能有關，所以更讓人覺得痛苦。

珠緒小姐很清楚這一點。丹後和王仁都喜歡珠緒小姐，但珠緒小姐可不是什麼善良女子。她性格惡劣，明知丹後苦於才能不如人，還故意折磨他取樂。丹後表面上冷靜高傲，似乎自外於一切，珠緒小姐更不時去刺激他、偷偷折磨他，這就是她惡劣驕傲的一面。

我一心只想爲王仁的消失舉杯慶祝，完全沒把犯罪、凶手之類放在心上，等珠緒小姐被殺，我才開始認眞思考。包含一馬那封信、被邀請來的賓客在內，我不得不從頭細想。

山裡到了晚上特別涼，哪怕是盛夏也會關緊防雨門。珠緒小姐寢室外，走廊上的防雨門是關好的，還上了門閂，不過，依鄉下地方的習慣，門口和平時一樣沒特別鎖上。

不管從我們住的別館或主屋，要瞞人耳目，偷偷潛入珠緒小姐的寢室都很容易。而且，這裡的院子有兩處瀑布，一處高約一丈，另一處是分成三段的飛瀑，共約六十尺，到了深夜幾乎分不清是瀑布聲還是槍彈聲，十分響亮。主屋的這側就位於瀑布正下方，聲音極大。別館的南面房間還好，但我住的北面房間經常會有噪音的困擾。

我們文人屬於某種精神分析派，一開始鑽牛角尖，就會覺得人人看起來都像罪犯，一切都會聯想到犯罪，沒完沒了。

歌川多門老爺要我們吃完早餐去找他，本來有點慶幸，既然發生這等大事，應該不用過去了吧，沒想到下枝小姐又來提醒：「老爺吩咐，如果方便請務必來一趟。」

「下枝小姐，沒想到會發生這種事。」

「是啊。」

下枝小姐抬起天真無邪、輪廓美麗的臉，看著我。她眼神靈活、澄澈平靜，彷彿永遠只凝視著正確、美好的東西。

眼前可愛天真的女孩，真的是多門老人的小妾？我不敢相信。這身軀還是個小女孩啊。

「歌川老爺是不是也很驚訝？」

「不，他相當冷靜，跟平常沒什麼不同。」

我們過去時，多門老人看起來確實是老樣子。

他身上已看不見對我們的怒氣。仔細想想，或許一切都是我杞人憂天，這種大人物堪比日本歷史上的英雄豪傑。他似乎沒什麼煩惱，開朗又有活力地招呼我們。

「來來來，歡迎你們。我一直想過去找你們，但最近感冒，搞得胃不好。人一閒下來就容易有毛病，人一生了病，不工作的身體就更顯得脆弱。以前我確實對你有些不滿，但一切都過去了，看到你反倒有些懷念。全都怪我自己太任性。」

多門老人像個慈父，心情頗佳。但兩個孩子中唯一的女兒被殺，這個老人還能若無其事，如此平靜，態度實在讓人感動。我一點也不覺得他在虛張聲勢。儘管知道這個老人對家中事務向來超然，但愈是這種人，對於跟人有關的事往往反應愈激烈，聽說我和京子私奔時他就相當憤怒。或許憤怒和悲傷是不同的情感吧，不過我也忍不住狐疑，忍不住想挑釁。

「今天的事實在遺憾。萬萬沒想到會發生這種事，您一定很難過吧？」

「不不不。」

老人打斷我。除了打斷我以外，從他的表情看不出其他意圖，只是顯得有些難取悅罷了。

「這或許也是我的錯。由於我是這副德性才會生出兩個怪胎，都是無可奈何。但有一點，我想不通。」

多門老人安靜片刻，隨即換上開朗的表情。

「算了，可能是我多心。我身體不方便，容易胡思亂想。」

「您想到什麼，不妨告訴我。這種莫名的直覺，往往能連接到關鍵線索。」

「好了，這件事不要再提。特地找你們來又不能好好招待，至少把這個帶回去當紀念。這是我從前去北京旅遊時，買回來的八大山人（**註一**）小品，飄渺寂靜。這種感覺大概就叫孤獨吧，深沉的靈魂觸動人心。還有，給京子的是我去巴黎戴的領帶夾，我想讓那邊的人看看，一個鄉下地方來的東方武士竟不經意戴著這種飾品。上頭是鑽石，有十八克拉。我把這東西掛在脖子上，走在外面也不會有人覺得是鑽石，只會覺得是玻璃珠吧。一想到別人可能這麼以爲，我就暗自痛快，最後平安地帶回日本。死去的老婆也以爲我在開玩笑，有一陣子我不知道丟在哪裡，最近又跑出來。」

多門老人說得淡然，一派輕鬆，但十八克拉的鑽石要價不菲，我有點不知所措。提到八大山人的小品，必定是天下罕見的珍品。他像疼惜女兒一樣，愛護著過去憐愛的女人，我們也自然而然放心，感受到一股溫情。

這時，我發現書架上有各式各樣的書籍，主要是歷史書，但其中的小說收藏，幾乎一半都是推理小說的翻譯本。有黑岩淚香（**註二**），也有范・達因（**註三**）的作品。其他小說多是

註一——朱耷，明末清初畫壇四僧之一。
註二——一八六二～一九二〇，日本記者、推理作家，譯介、改寫歐美推理小說的先驅。
註三——Van Dine（一九〇六～一九七七），美國推理小說家，曾提出「推理小說二十守則」。以菲洛・萬斯爲主角的一系列偵探小說，開啓了美國推理文學創作的黃金時代。

《基度山恩仇記》、《悲慘世界》、《飄》等翻譯書。

「您喜歡推理小說嗎？」

我問道，多門點點頭。

「我年輕時就愛看淚香的作品，出外遠遊的閒暇時漸漸迷上推理小說。岡倉天心（**註一**）很愛看推理小說，家人考慮到他身體不佳，晚上不讓他喝酒，於是他開始講柯南道爾等推理故事，但故意只講一半，在精彩之處打住，家人問，後來呢？他故意賣關子，表示今天就到這裡，怎麼？還想聽？那就再拿一瓶酒來吧。柯南道爾是他晚酌的戰略，長度恰到好處。最近的推理小說機巧絕妙、錯綜複雜，讀來確實有趣，但不適合當這種晚酌的誘餌。」

「我也愛看推理小說。您喜歡怎樣的作品？」

「我喜歡英國女作家阿嘉莎．克莉絲蒂（**註二**）。范．達因和昆恩（**註三**）這些人都太愛無謂炫學，或故意吊讀者胃口，看著很不痛快。我以前每次到丸善書局，都是爲了買推理小說。」

老人拿出書架一角堆放的原文書，全是推理小說。其中有克勞夫茲（**註四**），也有《紅髮雷德梅因家》（*The Red Redmaynes*）、《吉格瑪》（*Zigomar*），及傅里曼（**註五**）的書等等，無所不包。

「那關於這次的案件，您有什麼感想嗎？」

老人安靜好一會。

「殺害望月先生的凶手，和殺害珠緒的凶手，是同一人嗎？假如是同一人……」

他又停了下來。

「矢代先生，你怎麼想？每個人都可能行凶。任何人身上都有各種犯罪的可能。每個人，都可能是凶手。」

多門的眼中突然閃過一絲銳利的光芒。他絲毫沒有掩飾的意思，直盯著我們。他再次張口，欲言又止，最後還是轉念把話嚥下。

註一——一八六三～一九一三，日本的思想家。

註二——Agatha Christie（一八九〇～一九七六），英國推理小說家。一生共完成六十六部小說、一百多篇短篇小說、十七個劇本。代表作有《東方快車謀殺案》、《一個都不留》等。

註三——Ellery Queen，美國推理小說家，其實是一對堂兄弟曼佛瑞・李（Manfred Lee）和佛列德瑞克・丹奈（Frederic Dannay）的共同筆名。代表作包括《Y的悲劇》、《羅馬帽子的祕密》等。

註四——Freeman Wild Crofts（一八七九～一九五七），愛爾蘭推理作家。

註五——Richard Austin Freeman（一八六二～一九四三），英國推理作家，著名作品有「宋戴克博士」系列、《歌唱的白骨》等。

8

CHAPTER

第八章

唯一的不在場證明

離開多門的房間，走回別館時，我們經過珠緒小姐遇害房間外的走廊，一個身穿洋裝、年約三十的苗條女人從房裡叫住我們。

「等等，你是哪位？」

「怎麼了？妳又是誰？」

「我是警察。我想記住每個人的長相，所以詢問你的名字。」

「喔，原來如此。」

我突然想起來。

「這麼說，妳就是『靈光現』小姐！」

「眞沒禮貌！」

這位「靈光現」女士柳眉倒豎。

「你是哪位啊？我很清楚，到這裡來的男男女女都不是什麼正經傢伙。什麼文人、女演員，我愛你、你愛我，亂七八糟！一年到頭風流韻事不斷，最後還不是落得這種下場。」

「確實，妳說得對，一點也沒錯。那麼，現在狀況如何？妳的腦中是不是已有靈光乍現？兇手究竟是誰？」

「閉嘴。」

「抱歉、抱歉。」

我正要離開，她使勁抓著我手，將我拉回。

「還不報上名字嗎？真沒禮貌。」

「這個嘛，不如用妳的乍現靈光來猜猜我們的名字，應該不難吧？硬逼人報上名號可是違反憲法的，啊哈哈哈哈。」

我故意惹怒「靈光現」女士，然後逃離現場。

下午三點，我、巨勢博士和一馬夫妻，來到一馬房間進行討論。

出版王仁作品全集的出版社社長、出版部長、年輕社員，及王仁一名弟子，在中午前到達，準備接收遺骨，但解剖過的王仁屍體還沒有從總署送回來。送回來之後就要火化，這村裡有能處理火葬的火夫，但並無火葬場，得在戶外燒柴火化，要花上一整晚的時間。

幾個擅長操辦的人，加入我們這群對實務一無所悉的人當中，風風火火展開各項籌畫準備，整理房間迎接王仁遺骸、請和尚誦經、聯絡火葬場，還有不知從哪裡送來的黑布，也妥善運達。不一會，前廳就有了個靈堂的樣子。

我有些祕密想私下告訴巨勢博士，終於等到好機會。

「有件事我只告訴你。昨天晚上，我回自己的房間後，實在睡不著，所以出去散步。時間不太確定，大概是十一點。當時京子已睡下，應該不知情。」

「是啊，但我隱約察覺你回來。」

「我從餐廳那道門出去，打算到山毛櫸森林走走，但來到後門又改變心意，繞往院子。我沿著池邊走到中間的夢殿，打算繼續步向涼亭。來到瀑潭上，我看見下方釣殿的燈亮著。

那時，有個女人的身影掠過，立刻消失在黑暗中。我沒有目睹她離開的瞬間，但她確實是從釣殿出來，繞過多門老爺的寢室外，正要走回後門。雖然看得出是個女人，卻無法分辨是誰。過了一會，換成一個男人從釣殿出來，先用池水洗手。此人是海老塚醫生，身穿短袖襯衫和褲子，拿手帕擦了手後，本來往院子裡的山那邊爬，又轉頭往女人消失的方向走。我只目睹這些情景，之後我待了十分鐘左右才回房。」

所謂的夢殿，是指多門老人仿聖德太子的夢殿而造的縮小版。釣殿則是大和風格的茶室，裡面的兩個房間，分別鋪上榻榻米和放著中國風桌椅。

「是嗎？這麼一提，海老塚醫生昨天留宿在釣殿。最近他幾乎每天晚上都住下。我從來沒在意過這些事，若村裡有誰住在我家中某處，我也不知道。我家沒有死板的規矩，不必事事徵求主人的准許，主人和傭僕可說各自過著獨立的生活。海老塚醫生在這個家裡就像我們的家人，如果他晚上來，多半會過夜。從此處到醫院要走一里山路，再加上他跛腳，難怪需要留宿。我家戰前本來有輛汽車，戰後別說汽車，整個村子連一台人力車都沒有。海老塚醫生是怪人，不喜歡睡在主屋，不曉得從什麼時候起，釣殿變成他專用的住宿處。偶爾有急診患者時，醫院會打電話來找他，昨晚好像也有。」

「那來問問八重吧。」

彩華夫人用室內電話喚女傭八重過來，但八重不巧有事去村裡，來的是諸井護士。

「諸井小姐今天沒去醫院嗎？」

「是啊，今天警察有事問我，一直問到快中午，再加上南雲家那邊一早就喊著肚子痛，我便過去打了針。」

「是由良婆婆？」

「不，是南雲先生。」

「昨晚醫院不是有急診患者嗎？」

「沒有。」

諸井護士冷冷瞥一馬一眼後回答。

「那妳昨天晚上應該沒有爲醫院的事，見過海老塚醫生吧？」

「怎麼可能。」

「海老塚醫生昨晚也睡在釣殿嗎？」

「我今天早上見過他，但昨晚的事我就不清楚了。」

諸井小姐別過臉，冷冷地說。

「您還有其他事嗎？」

「沒有了，勞煩妳多跑一趟。問了些奇怪問題，請別介意。」

「如果想知道海老塚醫生和女人之間的問題，可能問千草小姐比較清楚。醫生留宿釣殿的晚上，千草小姐多半都會去釣殿一次。各位或許不知道，下人之間卻無人不知。畢竟千草小姐不遮不掩，反倒挺大方光榮的樣子。」

她露出銳利的目光，有禮地鞠了個四十五度的躬，轉身離開。

「這個裝模作樣的乖張女人，我看她連體溫都是冰冷的吧。」

「很難講，搞不好其實肌膚柔嫩，身軀豐滿又溫暖。」

沒想到巨勢博士竟說出一反他清純形象的話，在場女眷都嚇一跳。

「如何？博士，嫌犯有眉目了嗎？」

「完全沒頭緒。」

「警方應該已掌握某些證據吧。」

聽到一馬這句話，博士雙手交叉放在後腦勺，一邊亂搔頭髮，一邊哼笑道：

「不，不可能。警方確實調查得很仔細，但那只是徒勞。畢竟他們連動機到底是出於怨恨，還是情愛糾葛，都還不清楚。」

「不過顯然並非流浪漢偶發式的行竊逞凶，確實是謀殺，而且已出現相當微妙的事實差異，不是嗎？」

「哦，什麼差異？」

「大博士故意問我，未免太壞心。算了，那你可別見笑，聽聽我這業餘偵探的意見。珠緒小姐離開王仁的寢室是十一點十五分，這時我仍醒著，聽到珠緒小姐一邊哼唱香頌一邊下樓。正因這個歌聲，我才順勢看了時鐘並關燈。珠緒小姐宣稱沒有鎖上王仁的房門，可是兩小時後，宇津木秋子小姐到王仁的房間時，門是鎖著的。她回去拿鑰匙來，進了房內，王仁還活著，打著呼熟睡，搖也搖不醒。秋子小姐故意留下打火機，鎖上門離開。隔天早上，珠緒小姐發現王仁的屍體時，房門沒鎖。博士，這代表什麼意思？」

「珠緒小姐哼唱著香頌離開時，我也醒著，確實聽到了歌聲。矢代先生，您覺得這是什麼意思？」

「我怎麼可能知道？唯一確定的是，凶手持有鑰匙。王仁活著的時候，凶手先鎖了門，殺人後沒鎖門就離開。你說，當宇津木小姐拿鑰匙進門時，凶手會不會還在室內？」

「是啊，應該還在吧。」

博士答得輕鬆，一馬、彩華夫人、京子頓時臉色大變，我也忍不住緊張起來。

「什麼？眞的嗎？我只是隨口猜測，沒有確切證據。那麼，凶手在哪裡？」

「這個嘛，假如宇津木小姐說的都是眞的，凶手只能待在現場。大概是王仁先生的床架下，畢竟沒有其他能藏身的地方。『第六感』警部、『好鼻師』、『讀過頭』刑警，他們都是這麼猜測。現在他們能推測的，約莫只有這些吧。」

女眷們發出緊張的嘆息。

「爲什麼要躲在那種地方？」彩華夫人叫道。

「如果要解釋爲什麼，可能會被凶手嘲笑。目前還無法提出任何假設。凶手當時也可能根本不在房內啊。」

「凶手不在房內的假設也可能成立？」一馬問。

「當然。凶手相當講究技巧，看來早就準備好許多機關，但或許我們不該思考這些。換句話說，他也可能什麼都沒有準備。萬事一開始都還很難講，只能相信堅定不變的事實。目前堅定不變的事實，僅有王仁先生和珠緒小姐被殺而已。」

一馬突然抬起頭，滿臉愁容地說：

「前天，也就是王仁被殺的那天晚上，我一直工作到凌晨三點多。由於彩華跑進我房間，睡在我的床上，我乾脆起來工作。我從去年就著手寫關於法國象徵詩的文章，但遲遲沒有進展。之後，大概到了一點左右，隔壁房間傳來鑰匙插進鎖孔的聲響。儘管夜深人靜，不過礙於瀑布的關係，要相當大聲才聽得見。我沒聽見腳步聲，無法判斷對方是出門還是進門。」

博士點點頭。

「這麼說，凶手曾發出明顯使用鑰匙的聲響。會是宇津木小姐嗎？那麼，夫人一直睡在這裡嘍？」

面對突然的問題，一馬一驚。

「對，前天和昨天晚上都是。」

「歌川先生一直工作到凌晨三點？」

「是的，但我說的是前天晚上。昨天晚上我睡得更早。」

「直到凌晨三點，夫人都在休息。」

「沒錯，睡得很熟。」

「哎呀，終於出現一個不在場證明成立的人。其他人都沒有辦法證明自己的清白。至於珠緒小姐，她簡直像睡在一個專門設計來方便行凶的特別座位上。不管是地點、條件，彷彿都在邀請人來殺她。歌川先生，您母親的忌日是哪一天？」

聽到最後這句話，一馬臉色大變，困惑得一時失去言語。

「下個月九日。果然和這天有關係，是嗎？」

「不，一切都還很難說。那封恐嚇信和這次的命案有沒有關係，目前看不出線索。殺害王仁先生與殺害珠緒小姐的，是不是同一人也不確定。但對於那封恐嚇信，或許必須多多留心。」

這時，我們接獲消息，王仁的屍體已送回來。

9 CHAPTER

第九章

火葬場的歸途

在設於前廳的靈堂結束誦經和上香後，把棺木放上準備好的木製人力拖車，眾人立刻出發到火葬場。

男客一起前往火葬場。一馬、木兵衛、人見小六、丹後弓彥、博士、光一、神山東洋，所有人都跟隨棺木魚貫走出。見駝子詩人拄著一根宛如森林巫婆的拐杖踏出玄關，在屋外目送眾人的娘子軍中，彩華夫人對他說：

「內海先生恐怕會吃不消。大概有半里路，你就別去了吧。」

「就是啊，只留下我們女人總覺得挺冷清的。」秋子小姐附和。

「欸，鐘樓怪人還挺受歡迎的。」千草小姐大聲冷笑。「你去吧。該不會遲鈍到得意忘形，想留下當夫人和小姐們的玩具吧？」

這個女人真是放肆隨便。人長得不美，莫非性格也會自然而然變得扭曲低俗？她嘴裡淨吐出荒謬的下流話語。不過駝子也很奇怪，似乎反倒喜歡與眾不同、無智無學、低級粗俗的千草小姐，品味實在奇特。他開心地笑著說：

「會，我會去。要是沒有我引路，王仁那傢伙怎能安心上路？」

他跟在隊伍末尾，蹣跚走著。彩華夫人和他並肩同行，送他們到門外。

火葬場位於需穿過山毛櫸森林的深山，在一處沒有人跡的後山密林當中。四周山脈圍繞著一塊百米見方的平坦草原，呈現缽形，山鳩在森林裡啼叫。火葬用的薪柴已堆好，旁邊有火夫的守夜小屋。

和尚再次誦經、點火。一想到向來目中無人的粗暴傢伙，那龐大的軀體即將化爲煙塵消失，我不免百感交集。

火化結束，我們準備離開，打算明天早上再來撿骨。此時天色漸暗，浮起淡淡霧靄。不知不覺間，山谷湧出霧靄。群山籠罩在暗紫夕暮下，暮蟬開始鳴叫。這確實是深深留在我印象中的夏日山間黃昏景致，不過，現在還不到暮蟬鳴叫的時節。

內海實在累了，臉色比平常更蒼白痛苦，於是光一對他說：

「喂，駝子老師，上拖車吧，我來推你。雖然是運棺材的回頭車，也不是在乎吉不吉利的時候了。所謂老少不定、醉生夢死，你能活到這麼大的年紀，已該感謝上天造化之妙了。快，上車吧、上車吧。」

「聽說妖怪容易長命，那我就不客氣地上車了啊。」

內海慢吞吞地上了拖車。工人在前拉、光一從後推，車子順利爬上山谷的道路。

緊接著是僧侶一行、一馬和神山東洋，再來是丹後弓彥、小六、木兵衛，還有巨勢博士和我，散漫地走在後面。

弓彥突然擺出充滿嘲諷的表情，掃視我們一圈。

「珠緒小姐姑且不論，殺害王仁的應該就在這四人當中吧？除了巨勢以外。」

冷靜的木兵衛打定主意不想搭理，繼續走著，但爲人老實又死心眼的人見小六，激動了起來。

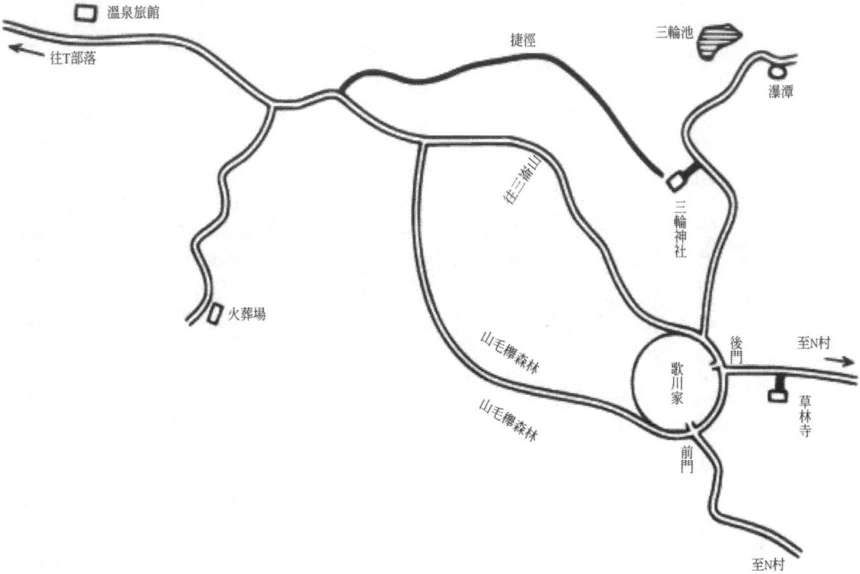

「爲什麼是在這四人當中？」

「果眞如此，凶手應該就是你吧。爲什麼故意提這個話題？你這傢伙總是滿腹盤算，用盡心機。其實，王仁和珠緒小姐都是你殺的吧？」

「所以，我說是在四人當中啊。」

「怎麼不乾脆坦白就是你？你不也是作家嗎？既然身爲文學家，就該對自己說的話負責。我們又不是偵探。」

弓彥有點難爲情，不過臉上嘲諷的笑意卻益發明顯。

「假如是盜賊行竊，殺害妨礙的王仁就太無趣了。假如一馬爲妹妹引發的問題或王仁的無禮等原因，決定殺了王仁、殺了妹妹，聽起來合理，但這種眞相根本沒意思，你不覺得嗎？當然也可能是我殺害王仁和珠緒小姐，由於很有可能，這個眞相一樣沒意思。畢竟我們不是偵探，是文學家。我們沒必要尋找眞實，揪出眞凶。如何？我想試著揑造出凶手。王仁的命案、珠緒小姐的命案，不是絕佳的題材嗎？運用這材料創作出有可能犯罪的凶手，豈不是文學家的有趣遊戲？忘記陳腐的尋凶才是我們的義務，各位意下如何？」

小六氣到不想回話。

「怎麼？又是文學？別再提本行的事了。雖然有種種可能，但不管是王仁或你，作品都屬於即物風格，也請以即物的眼光來看待命案吧。眞相就是眞相、凶手就是凶手，既然有可能，哪有什麼陳腐不陳腐？可能犯罪的凶手？除了有點新鮮之外，哪裡不陳腐嗎？你說說看，涉及人性，怎麼可能有不陳腐的犯罪……」

木兵衛平靜地吐出一番極具邏輯的大道理，小六憤怒地接過話：

「丹後恐怕另有打算。什麼可能犯罪的凶手、眞相陳腐，其實都是在替自己辯護吧。我看不起你這種傢伙。王仁固然傲慢無禮，但他豪爽大方，也有可愛的一面。跟他的豪爽開朗相比，丹後身爲作家，明顯落後王仁好幾步。用盡心機、深謀遠慮、陰沉狡猾，這些都稱不上成爲作家的資格。王仁說話總是放肆不客氣，但他腦子裡有想法。深沉思慮不是放在表面給人看的，身爲作家，人人都在琢磨精煉自己的想法，難道不是嗎？相較於丹後的作品，王仁的作品顯得簡潔、篤定，思考的根基更深厚，所以格局也大。丹後老是拘泥在這種小鼻子小眼睛的思考上，思想淺薄，問題也狹隘，是膚淺又薄弱的文學。你提起命案的凶手，當然是爲了替自己辯護。不如就挑明，王仁是不是你殺的？珠緒小姐是不是你殺的？我看就是你。你害怕被當成凶手嗎?巨勢先生在場,你開始擔心了吧?」

丹後依舊掛著嘲諷的微笑。

一行人爬上山谷,走進村道。

「各位,先失陪了,我晃晃再回去。」

丹後弓彥向眾人告別,往村子的反方向離開。那裡有個湧出溫泉的部落,還有一間溫泉旅館。雖說是溫泉旅館,也沒有知名到能吸引外地遊客,實際上就是當地部落的公共浴場。

這時我忽然想到,那溫泉旅館販賣著雜貨和藥品。戰前採購的物品因沒人購買,有些到現在仍放在店裡賣,戰時這裡還買得到鎮靜安眠藥加爾莫精。當時我只要有酒可喝就能入睡,不太需要安眠藥,最近卻漸漸苦於失眠。我原本就打算到村子後,一定要去溫泉旅館,確認還有沒有加爾莫精可趁機買,等丹後離開我才想起這件事。於是,我也向大家告別,追上丹後,但走約三町路,丹後卻折返。

「怎麼?你不是要去溫泉旅館嗎?」

「去了也沒什麼意思,我先走了。」

到溫泉旅館大概還有四、五町路,那是只有十五戶人家的部落。

溫泉旅館的老闆約四十歲左右,一臉蒼白的斯文長相,顯得頗精明。他問了我的來意後,表示:

「這樣啊,東京的客人眞會打算盤,偶爾會有人特地到我們這裡買。我不知道現在的行情，還是別賣得好。以前不懂，隨便便宜賣，吃了大虧。這裡沒剩多少了。」

「但能不能麻煩您找一找？如果有，一定用等同黑市的行情請你賣給我。」

「我又不懂黑市的行情。聽說東西樣樣都要尋常價格的一百倍，是一百倍呢。」

「藥向來是九倍。食物或許是一百倍，但藥可沒到一百倍。價錢待會再商量，先幫忙找找有沒有貨吧。」

以前的藥都放在櫥櫃一角的紙箱裡，老闆一一拿出來檢查，但找不到加爾莫精。麻煩人家半天，總不好意思什麼都不買，於是我隨意買了兩、三樣胃腸藥和驅蟲劑後離開。其他沒看到太新奇的東西。

「加爾莫精是怎樣的藥？」

「幫助睡眠的藥。」

「大概三個月前，歌川老爺的客人，也就是歌川老爺的妹妹——由良婆婆來過，買走不少東西。當時她也買了助眠的藥。」

回程途中已入夜，山毛櫸森林裡沒有燈火，走起來有些危險。我靠著僅剩的一些火光，穿過歌川家後山的捷徑，來到通往三輪山的山路，打算從這裡繞回後門。下了坡道後，恰巧在後門前遇到一馬。他從禪寺前那條捷徑走來。

「喔，是你啊。現在才回來，這麼晚？」

一馬嚇了一跳，這麼問我。

「我去溫泉旅館，想買加爾莫精。之前我看過他們有些在戰時沒賣完，不過似乎被由良婆婆搶先一步。」

「這樣啊。那間溫泉旅館剩下的貨也不多了。要是信上交代一聲，我就會事先替你備。我剛剛去草林寺討論妹妹的葬禮，等半天都沒人，只好在本堂呆坐三十分鐘。」

前門坡道出現手電筒閃爍移動的光線，是海老塚醫生。看到我們，他嚇得停下腳步，先問候一聲，接著說：

「豪傑王仁也成了一陣煙哪。」

王仁終於化為煙塵。我心裡雖然覺得痛快，但從跛腳醫師口中說出相同的心境，卻讓我不太舒服。他不僅僅針對王仁，而是在嘲諷、挖苦我們所有人。因此，只要這傢伙一開口，我常忍不住想揍他。

這時，我發現一件嚴重的事，大為慌亂。

我剛剛跟一馬提過，還有，爬上山路、走回村道，向其他三人道別時也曾說，要去溫泉旅館買加爾莫精。王仁喝的老鸛草裡加了安眠藥，今天珠緒小姐屍體的枕邊，也發現奇怪的白色粉末散落，我卻忘得一乾二淨。

這不是等於故意告訴大家，我有使用加爾莫精或其他安眠藥的習慣嗎？看起來就像一場拙劣的戲。我不禁擔心大家心生懷疑，漸漸覺得不悅又不堪。

我們和海老塚醫生在土間入口道別，繞過前院正要往別館走，剛好看到主屋的前廳裡，白天在火葬場的四個和尚，跟多門老人與由良婆婆同桌用餐。

一馬走近前廳的簷廊。

「怎麼，原來師父都在這裡啊。我根本不知道，還在本堂枯等三十分鐘。」

「你們詩人就是不懂世事。」

多門啐了一聲，看著兒子。

「法事結束招待師父齋飯，是日本自古以來的習慣。」

「您有什麼事嗎？」

老僧笑著問一馬。這位老僧出身村中，戰前在大學裡教授過印度哲學史，是日本知名的佛學家。戰時他隱身在村中的禪寺，看上去只是平凡老僧，窮酸衰老的樣貌一點也沒有學者的樣子。

「不，既然您在用餐，我明天早上再去拜訪。」

來到客廳，餐點已備好，所有人都在等一馬。

一馬入座後，內海率先開口：

「我今天坐運棺的回頭車回來，聽到拉車工人說了些奇怪的話。我一直認爲凶手就在我們當中，但也可能不是。據說，來村裡避難的人裡，有個復員的文學青年或是政治青年，腦子有點不正常，經常嚷嚷著，如果不解決掉王仁這種色情作家，他會成爲日本的癌細胞、恐怖分子。青年懷裡藏著短刀，還亮給村人看過，聲稱要用那把刀殺了王仁。此人也很討厭珠緒小姐，認爲這樣的女人會毀滅日本。警察似乎也開始注意這男人。」

一馬聽著，顯得面有難色。

「雖然是來此避難，但那男人本來就出身村中。他叫奧田利根吉郎，在軍隊裡負責製圖之類的工作，復員後他家房子被燒了、妻子不知去向，脾氣變得有點古怪。不過，他的古怪，早在戰地就出現徵兆。他之前待在北支那軍隊，從那時候便醉心孔子的儒家思想，現在還會從他房間窗口擺出『孔子研究所』或『論語研究會』之類的招牌。我輾轉聽人說過，有一次他在路上遇到王仁，故意找碴，結果慘敗在王仁手下。他的體格弱不禁風，遇到王仁根本不是對手，像小狗一樣汪汪叫了兩聲，便捲著尾巴逃走。這位先生稱王仁爲色情作家，自己也很奇怪，偶爾會寫信給彩華。」

彩華小姐也滿臉爲難。

「但不是情書啊。我想還是跟王仁先生有關吧，他在信上提醒我，別被王仁先生那種色情作家騙了。」

「他或許神經不太正常，但說得不無道理。被王仁先生打傷後，他到醫院來治療，只是小小擦傷。當時他說過，有蠻力的人是流氓，講求什麼體力、精力，一點也沒文化。雖然有點病態，但也沒說錯。他還提及，寫了信給歌川多門家醜怪的蕩婦，並未收到回信。他信上沒有特別指名，可能是蕩婦太多，大家彼此推讓吧。」

海老塚又吐出惹人厭的話。

「喂！誰來把這個愛裝模作樣、道貌岸然的蒙古大夫丟出去。」

光一生氣地說。

「眞是的！根本是膚淺又神經質的傢伙，惺惺作態什麼？這就叫曲學阿世。你自己又是什麼身分？既然這麼討厭我們，何苦出現在這裡？」

他大步上前，將海老塚連人帶椅奮力抬起，搬到客廳。

但光一剛回座，醫師又抱著椅子，一拐一拐、若無其事地回來，擺出平常那張臭臉坐到原位。

光一餘憤難消。

「這位鐘樓怪人身體殘障，頭腦卻不簡單，不能小看他。畢竟，殺人凶手一定就在這些人當中。」

「爲什麼？難道不會是從外面潛入的人嗎？」內海問。

「別傻了。證據顯示，身在這裡的人才可能犯案。凶手能自由開關王仁的房間門鎖，代表握有鑰匙。若非在座的各位，怎會有這種本事？」

一馬不耐煩地大叫：

「我們不是偵探，別再討論凶手了！」

「哼。」光一忿忿嘆了口氣，「那好，求之不得。不如來聊些色情話題吧。從現在起只能說這個，反正我們的餐桌總是如此。男男女女聚集一堂，飲酒作樂，胡扯什麼文學或藝術之類的無聊話題，所以各位的作品永遠那麼幼稚。不過，王仁先生的小說，確實堪稱成人的小說。大家不妨來大談情色之事，大行情色之事。今天晚上，我得好好向宇津木老師討個公道。但不知爲何，我偏偏喜歡蝴蝶小姐冷冰冰的樣子，大概是身爲日本人，對佛像特別感興趣。約莫是飛鳥時代（註）吧。不管日本或峇里島的色情舞者，都保留著飛鳥時代的性感。瞧瞧那腰際的線條，讓人忍不住想湊上去。」

光一再次站起，表演南洋土人扭腰擺臀的舞。他還會唱土人的歌，搖手、扭腰、歌聲，無一不精彩。道地南洋風情的破鑼嗓子，讓現場女眷聽得目瞪口呆，大家的眼神也從憎惡，漸漸轉爲藏不住的讚嘆。

註──約五九三～七一〇，最大特徵是以佛教爲中心的爲文化，聖德太子推行新政的時期爲其顚峰。

10 CHAPTER 第十章

瘋人齊聚一堂

九點四十分。

由良婆婆來到客廳。她環顧周圍，然後問海老塚醫生：

「看到千草了嗎？」

「不知道。」

他答得不情不願，身邊的宇津木小姐接過話：

「我們一直沒看到千草小姐，也沒見她來用餐。海老塚醫生，對吧？」

「我什麼都不知道。」

「彩華夫人，您見過千草小姐嗎？她來過餐廳嗎？」

「不，沒看見她呢。」

「奇怪，會去哪裡？我還以爲她到這邊來了。不在這裡，會在哪裡？」

老婦人拖著蹣跚的腳步折返。由良婆婆中風倒下過一次，之後就不良於行，總是拖著腳步，上下樓梯特別吃力，但沒有其他適當的房間，只好忍耐不便，幾乎是爬著上下樓梯。聽說，老夫婦晚上如廁都將就著使用便器。

我們都喝醉了。光一很少喝這麼多，連內海也喝了好幾杯啤酒。發生命案當晚的聚會，難怪大家都神經緊張，感到痛苦。動不動就想起這群人當中可能有殺人凶手，益發不自在。

木兵衛平常不太喝酒，但一喝酒就很難纏，從剛才就不斷糾纏著丹後，也不知吹得什麼風，忽然把矛頭轉向海老塚。

「這位愛發脾氣的名醫先生啊，喂，過來坐。欸，不要？那好。你想讓我們發現自己腦子有毛病，其實在我看來，眞正有毛病的是你。」

「說得好，有道理、有道理！」

光一很開心，要大家安靜。

「安靜、安靜！聽他說！」

「我討厭挖人隱私，唯獨面對你，我不想遵守這套規矩。看來，你對我們這些文人的私生活很不以爲然，不過你住在釣殿時，不是每天晚上都跟某位小姐卿卿我我？還有，加代子小姐很討厭你看診，如果沒有人在旁作陪就不願意接受你的診察。傳來消息的下人描述，你會握著加代子小姐的手，不斷揉捏她的乳房。聽說，最近你特別關心名叫下枝的可愛侍女，老是說她胸口有病、內臟不正常，頻頻暗示她要來就診。光是發生在家裡的就有這三件，想必在醫院也有其他故事。單就家中這三件判斷，相較於我們文人之間的愛慾，更異常、陰濕、變態吧。」

「好！說得沒錯！」

光一非常高興，但女眷們盡量裝成沒聽見，各自專心私下交談，約莫是出於社交上的體貼或禮貌吧。木兵衛的話裡，帶有足以一口氣凍結婦人社交習慣的魄力。

「名醫先生、君子先生。對，就是這種眼神。大家快看，那雙眼睛閃閃亮亮，是瘋人的眼睛、殺人凶手的眼睛。渴求鮮血、渴望看見血海的殺人鬼之眼。你可藏不住自己的眞面目。大家看啊，快看啊。」

木兵衛醉到臉色鐵青、殺氣騰騰，雙眼發出惡魔般深沉的光芒，海老塚根本無法相比。我看著事情發展至此，目睹他因憤怒而發抖，從激昂的亢奮，漸漸蓄滿狂人般的目光。那確實是一種隨時可能往前猛撲，或動手殺人的目光。足以撕裂對方、可以捻死對方，那是一種足以做出所有狂人行徑，暴戾無比的光芒。

女人們屏息不語。

木兵衛瞪著海老塚，繼續道：

「他就是變態、神經病、妄想狂，總之，就是個瘋子！自以爲純潔、正義。玩弄加代子小姐的胸部、跟某位小姐暗通款曲，還拚命製造機會想玩弄下枝小姐的胸部。所作所爲毫無自覺，這不就是變態、瘋子的徵兆嗎？然後，他會妄想其他人的不純不潔。他的潔癖正是瘋人的病症。各位，難道不是嗎？」

海老塚的眼神益發炙熱。他的眼睛睜得極大，已無計可施。他失去所有的言語、行動，失去一切，但現在看來任何時候、發生什麼事都不奇怪，他彷彿隨時會爆發。

這時，拖沓的腳步聲響起，諸井護士攙著由良婆婆再次進來。

「四處都找不到千草，究竟怎麼了？各位有什麼線索嗎？」

眾人心中閃過一絲恐懼。

「不會吧……該不會被殺了吧？」

光一大聲叫喊：

「婆婆，您放心。那孩子正在發情。很抱歉在婆婆面前說這些，但那孩子可是全身充滿了性慾。」

所有人都沉默下來，沒有任何人接話。

這時，諸井護士用彷彿溺水者在水裡發出的低沉聲音應道：

「沒錯，千草小姐是出去幽會。」

「什麼？妳事先就知道了？」

由良婆婆訝異的視線，在諸井護士冰冷的臉上無處安放。

「千草小姐收到一張幽會的紙條，洋洋得意地在我面前揮動。我沒看紙條的內容。傍晚六點左右，她就出去了。」

「去哪裡？」

「我不知道。」

「對方是誰？」

「恐怕不方便說。」她冷然回答。

眾人再次沉默。

海老塚像熊一樣揮動手臂。這動作真奇怪，大概是太亢奮了吧。他轉過頭，激動得幾乎要跳起來。跛腳的他擺動著臂部，揮舞手臂，打算離開。

在走廊入口，海老塚猛一回頭。

「混蛋！」

他使盡全力大叫。個子矮小，卻發出瘋狂的叫喊，那是使勁渾身力量的嘶聲吶喊。然後，他再次奮力一跳，轉頭離開。

「哇哈哈哈，哇哈哈哈。」

光一笑得像瘋子一樣。

「眞是一場鬧劇。殺人不也是一場鬧劇嗎？這個家本身就是一齣鬧劇啊。教人怎麼擺出正經的臉？我本來以爲這裡是淫窟，沒想到簡直是性慾的結晶、一群色情瘋子的巢穴！」

「住嘴！混蛋，你給我回東京！現在馬上滾回去！」

彩華夫人氣到發抖，像觸電般顫動，激動到每根神經都要竄出來。

「什麼？混蛋，妳再說一次！」

說完後，光一彷彿變了個人，簡直和妖怪一樣。海老塚有殺人魔般的鎮靜，至於光一，則狂暴到不像人類，只像妖怪、像發狂的野獸。

他一個助跑，高高跳起，抓住彩華夫人，大大轉一圈後抛出。彩華夫人被摔到兩間外，臉朝下趴在地上。她的衣服破了，又撞到膝蓋，爬也爬不起來。

我們扶起彩華夫人，她馬上起身，沒想到比外表看起來更堅毅。她凜然抬起頭，應道：

「你這個流氓！凶手！」

「妳這傢伙！」

我們還來不及反應，彩華夫人已被用力甩出去。這傢伙的臂力，簡直堪比飛箭。

接下來，發生讓我們更驚訝的事。只見光一突然舉起一旁的大花瓶。

幸好人見小六上前抓住他。光一把花瓶往下砸，但沒有打中任何人。花瓶砸在地上，裂成碎片。

光一用猛牛般的怪力撞開小六。彩華夫人察覺到對方的殺氣，轉身逃開。她衝進餐廳後，逃到院子裡。

光一已追上她。

當我們追上時，彩華夫人被壓在院子裡的松樹上。她痛挨一頓又疲於奔命，上氣不接下氣。

我們一群人蜂擁上前，好不容易才把他倆分開，前前後後拉鋸了十間左右的距離。彩華夫人在女眷的包圍下離開，光一像牛一樣呼呼喘息。眾人以為已結束，頓時鬆懈下來，沒想到他又突然追了出去。

彩華夫人發現後，再次拔腿狂奔。彩華夫人實在反應靈敏，她的身材苗條細瘦，像魚一樣直線逃竄的速度，令人嘖嘖稱奇。

彩華夫人從餐廳折回往屋內，我們追在後面。追上時，彩華夫人已衝進自己的寢室，並從裡面上鎖。光一衝上樓梯，絆了一跤，拉開若干距離。

光一瘋狂踢著彩華夫人寢室的門。看我們靠近，他罵道：

「這些混蛋……」

我們又追了上來。

「混蛋！妳這個賤女人！敢出來我就宰了妳！我會要了妳的命，一定會要妳的命。」

光一揪著襯衫衣領，在頸間左右拉扯，拚命踹她的房門。最後一翻身，他張開手腳，呈大字形躺在門前。

這場戲大概持續了一個小時。我們一接近，他就起身撲來，像野獸般狂吠攻擊。

我們只好放棄，各自回寢室。

每十分鐘或二十分鐘，就會聽到光一爬起來踹彩華夫人寢室房門的聲響，其餘時間他都躺成大字形，叫喊不停。

最後我也放棄，逕自去睡。之後，光一又持續叫喊了三個小時。隔天早上有人醒來，只見光一累到癱在彩華夫人門外熟睡。

彩華夫人平安無事。到了隔天，光一也鎮定下來，命案卻在意外的地方發生。

駝子詩人在寢室遇害，我們分頭去找千草小姐，發現千草小姐死在三輪山的森林裡。

附記

「不連續殺人事件」這個標題本身有許多問題。簡單地說，每樁命案都不連續，所以每樁案件的凶手都不同，因此名偵探頻頻登場。首先是「讀過頭」刑警現身寒舍，展現從題名獲得的暗示及敏銳的直覺，可惜他的解讀還不夠深入。

「靈光現」女士也遠從九州的飯塚親筆寫信過來，表示有七、八個人死了，殺人凶手又接連被殺，眞是討厭的機關。不愧是「靈光現」，眞是令人佩服。但我的機關可沒有這麼容易被識破。

從標題推測凶手，是《半七捕物帳》（註）的手法。「第六感」警部最擅長從推理小說的裝幀圖案推測凶手，難怪自明治維新後始終抓不到眞凶。

推理小說的作者從標題開始就暗藏許多心思，各位名偵探卻隨隨便便想以《半七捕物帳》的手法了結，與其說可笑，更讓我憂心日本的治安。

巨勢博士或許會針對連續、不連續　事對大家訓話吧。我深切期望大家不要被凶手玩弄在股掌之間，否則作者也會覺得無從施展。

註——岡本綺堂所著，以江戶時代爲背景的推理小說。

在此追加挑戰書。根據亂步偵探的說法，推理小說家中角田喜久雄是最擅長猜測凶手的名人，謹奉上戰書給角田大偵探。接著，是式場隆三郎醫生。

此外，作者提供符合世間行情的一萬圓爲懸賞金額。只能提供這樣的獎金，十分抱歉。雖然很想提供十八克拉的鑽石，但只怪我能力不足。

坂口安吾

11

CHAPTER

第十一章

火葬場的回程

隔天早上我出去散步時，光一仍躺在彩華夫人寢室門前睡覺。

走出後門，我照例往三輪山的方向前進。

「喂～」對面有人揮動拐杖叫喊，原來是神山東洋和男僕喜作爺。

「神山先生，怎會這麼早起？穿著燈籠褲散步，實在時髦。」

「開什麼玩笑，我通常都很早起啊。在白天睡覺的，大概只有你們文人和小偷吧。不過，我不是去散步，是去搜查。千草小姐昨天傍晚外出後，到現在還沒回來。矢代先生，說句不吉利的話，我不得不懷疑是不是又出事。別看我這樣，其實我心臟不好，總覺得心裡毛毛的，走在這種叢林般的山路裡還眞受不了。」

「找過一遍了嗎？」

「大概找了一遍，不過只找了人能走的路。我是從三輪神社走到三輪池。」

我們三人一起繞到三輪神社後方，仰望茂密的山林。附近長滿山白竹，雜草叢生糾纏，充滿極爲陰鬱的黑暗和寧靜。

「這詭異的氣氛像不像在說有人死在叢林裡？矢代先生，我才不想進去。」

說到一半，神山停下腳步，注意到地上有個東西。

「咦，這是什麼？」

神山彎身撿起。

「哎呀，這不是女士的口紅嗎？怎麼會丟在這裡？啊，那裡的雜草有被踩過的痕跡。這是……」

他前進五、六步，發現一個棄置在地的手提包，裡面的物品散亂。再走十步左右，只見千草小姐趴在一棵大樹底下，氣絕身亡。她的眼睛蒙著大布巾，被一條類似女用腰帶的東西勒死。

附近沒有抵抗打鬥的痕跡。

「好像幾乎沒有抵抗。剛剛那片雜草有被踏過的痕跡，會不會是案發現場？凶手殺人後，把屍體搬到這裡丟棄。看起來並無被侵犯的跡象，凶手在攸關女人節操的方面倒挺紳士的。」

千草小姐穿成套褲裝，身上一絲不亂。

我們向警官報告此事。我和神山帶刑警、巨勢博士等人到命案現場後，便回屋吃早餐。不料，內海明在寢室裡被刺殺，又是一陣騷動。

由於遲遲不見內海明來餐廳，彩華夫人前去叫他，發現寢室已是一片血海，穿睡衣的內海明俯臥在地板中央。他身上的刺殺痕跡，包括側腹三處、胸部兩處，和頸部兩處。短刀清洗過，放在梳妝台上。凶手洗過手。這把短刀，也是放在談話室架上裝飾的其中之一。

內海的拖鞋在距離腳兩尺左右的地方，門邊有凶手留在室內的拖鞋。那是內海寢室隔壁廁所的拖鞋。除此之外，沒有發現任何凶手遺留的物品，也沒有找到指紋。

現場採證結束後，千草小姐的遺骸一起送到草林寺。草林寺的本堂，有縣立醫院的醫生臨時設立的解剖室，進行兩具屍體的解剖。

據警方推測，千草小姐的死亡時間是十八日下午六點到七點之間，駝子詩人則是晚上十一點到十二點左右之間。內海似乎在床上讀著拉克洛（註）的《危險關係》，他顯然是放下書、下床後被殺。至於到底是去廁所回來時被殺，還是讓凶手進房後被殺，總之，凶手應該是他認識的人。他完全沒察覺對方的殺意，背後側腹被刺，腳步搖晃倒下，又被刺好幾刀。心臟被刺時，他已死亡，凶手仍將他翻回俯伏姿勢，刺他的頸部。換句話說，是熟人下的手，擔心他沒死透，所以再三猛刺。

晚餐後，晚上八點半，第六感警部要所有人聚集在別館的客廳。

「各位，事態發展到這個地步，我也就顧不得禮節了。我無法忽視嫌犯就在各位當中的可能性，在此懇請誠實坦蕩地協助搜查。我們需要各位舉出自望月先生火葬時，即誦經結束、點火後，到晚餐之間的不在場證明。首先，巨勢先生，您是什麼時候離開火葬場？」

「由於我生性草率粗心，沒有常看鐘表的習慣，啊，大概只有幽會時會看吧。」

博士紅著臉苦笑，接著神山東洋說：

「我看了手表。讀經結束、點火，準備回來時，我記得矢代先生問過一馬少爺『現在幾點』。我望向自己的表，是六點六分，但一馬少爺說是六點九分。不過，我的表雖然是摩凡陀牌的便宜貨，卻是偏差不到十分之一秒的珍品。如何？有人願意出十萬圓我就賣，哇哈哈哈哈。」

這時，「靈光現」女士尖聲質疑：

「咦，矢代先生，您不是有手表嗎？爲什麼還要問別人時間？」

「昨天我把手表放在桌上就出門了。看來，『靈光現』小姐習慣一年到頭把所有物品都戴在身上？」

「什麼『靈光現』小姐？眞是沒禮貌！」

「住嘴。」

「第六感」警部一瞪，眼神極爲凌厲。

「之後各位就一起回來了嗎？」

沒人回答，於是神山東洋開口：

「首先，大畫家土居光一推著拖車走，內海先生坐在拖車裡。他們幾個先出發，前面有兩個年輕人拉，再加上土居先生在後面推，三人以極快的速度不斷爬上坡。」

「爲什麼會有拖車？」

「運屍用的啊。」

「運來之後，爲什麼沒有馬上回去？」

「這跟都市裡的人力車或計程車不一樣，鄉下地方的年輕人來幫忙，主人家不會馬上讓

註—Choderlos de Laclos（一七四一～一八〇三），法國小說家。

他們回去。火葬場得堆薪柴之類的，很多需要人手的地方。」

警部轉向「讀過頭」刑警，問道：

「那兩個年輕人在嗎？」

「是，我把昨天的相關人員都叫到那個房間了。」

於是，警方喚來名叫和三郎與清的年輕人。

「你們將內海先生拉到哪裡？」

「是，拉到宅邸後面的山路上。」

「就是通往三輪山那條路上，對嗎？」

「是，距離三輪山三十間左右。從他下車的地方再走三十間左右的下坡路，就會抵達叉路口。」

「爲什麼沒拉到後門？」

「內海先生說從那裡開始是下坡路，不用再坐車。他覺得下坡路坐在車裡不舒服。」

「土居先生，他說得對嗎？」

「不知道，我很早就放棄推車。從火葬場到山谷頂端還有四、五町的地方，我都一直拚命推。之後山路彎彎曲曲，但沒有太多上下起伏。平坦的路上，前面已有兩個年輕人在拉車，我再從後面推，感覺就像在推一輛馬力十足的達特桑汽車（DATSUN），沒多大意義。」

「所以，您沒有跟車子一起移動？」

「那車子一路加速，前進得很快。我看著車子左彎右拐，一會就不見蹤影。我走到三輪山的岔路時，已沒看見駝子。」

「有人在山裡見過內海先生嗎？」

沒人回答。

「土居先生回來時，內海先生到家了嗎？」

「還沒，我是最早回來的，內海是第二個，之後的順序我就不知道了。我可沒一直監視大家的進出。」

「您回來的時候是幾點？」

「這就難倒我了。我回來的時候，第一個打招呼的是宇津木小姐。我看宇津木小姐可能比我有時間觀念。」

「大概是七點左右或六點五十分左右，我也不是很有時間觀念的人。」

「其他幾位都一起行動嗎？」

「我、一馬先生還有和尚們，緊跟在後面。其他人似乎落後很多？」

神山東洋答道，我繼續補充：

「沒錯，我、丹後、木兵衛、小六和巨勢博士，邊走邊鬥嘴。從谷底爬上來後，丹後跟我們分開，往溫泉部落那邊走。大概是爭論煩了，想換換心情去散步吧。接著，我前往同一個溫泉部落買藥。走了兩町左右，剛好遇上折返的丹後。在溫泉旅館買完藥，天色也黑了。我在後門遇見一馬，這時候海老塚醫生踏著他充滿哲學性的步履，閃著手電筒的燈光過來。」

「神山先生那群人是一起回來的嗎？」

「沒錯，途中沒人離開。抵達後門，和尚他們先回了寺裡一趟。」

一馬接著說明。

「對了，我一直以爲和尚們在寺裡。所以，我先回家一趟，又出門去寺裡，有事想找和尚。但再怎麼叫喚都沒人回應，我在本堂前等了大概三十分鐘。最後死心回來，在後門遇到矢代，一同來到客廳，才發現和尚們其實在這裡。」

「我知道了。那麼，歌川先生待在草林寺的期間，有沒有見到任何人？」

「草林寺和大路有段距離，我半個人影都沒見到，所以我並沒有不在場證明。」

「丹後先生和矢代先生是各自單獨回來，人見先生、三宅先生、巨勢先生是一起回來的嗎？」

「不，我也是獨自回來。」木兵衛表情冰冷地抬起頭。

「人見和巨勢先生轉進通往山毛櫸森林的小徑，但我走的是小路，就是內海的拖車走的那條路。」

「當時，您見到內海先生了嗎？」

「怎麼可能，根本沒看到任何人影。那條路穿梭在茂密山林之間，附近沒有農田林園，連村人都不會出沒。」

這時，海老塚醫生終於現身。

「啊，我們等您很久了。百忙之中請您跑一趟，眞是抱歉。我看您每天晚上都會來這裡，今晚沒有急診病患嗎？」

「荒唐，爲什麼我每天晚上都得來？」

醫生挺直腰，眼神霸道不客氣，又碎念一句：

「荒唐！」

「海老塚醫生昨晚是幾點來的？」

「我爲什麼要記得來的時間？」

「那您知道離開醫院的時間嗎？」

「我又不是管時鐘的。除非是看守鐘樓的人，不然誰會直盯著時鐘生活啊。」

「不過，通常拜訪別人家時，總會自然而然地考慮現在幾點幾分、大約幾點幾分會到吧？海老塚醫生難道不會嗎？」

「如果不會，我看他眞的腦子有毛病。海老塚先生，聽懂了嗎？警部說得沒錯，人離開自家去別人家時，一定會注意時間。」

木兵衛的語氣冰冷尖銳，恐怕他還記得昨晚的事吧。學究氣質的木兵衛，對女性的執著很深，容易對一件事鑽牛角尖。

「愛查你們就查，那是偵探的工作。我的工作是替病人看診，我對這件事負責任，其他的事一概不知。」

「矢代先生和歌川先生在後門見到海老塚醫生。矢代先生是從後門沿著拖車走的路回來，歌川先生則是從禪寺回來，海老塚醫生應該是從村裡回來的吧？當時是幾點？」

「八點左右吧。天完全黑了，我猜差不多是這個時候。這一帶地處深山，大概天黑得也比較快。」

聽我這麼說，警部回答：

「對，確實沒錯。那麼，最早回來的是土居先生，大約是七點或六點五十分，接著是內海先生，再來是神山先生、歌川先生。歌川先生回來過一次，然後又出門。接下來呢？」

「接下來是我和人見先生。」巨勢博士說。

「之後是三宅先生、丹後先生、矢代先生。這就是所有人了吧。女士們這段時間內有人外出嗎？」

「我們全待在客廳，也有人在那邊的廚房，不過幾乎都在一起。」宇津木秋子回答。

「您說『幾乎都在一起』，具體來說，是什麼情況呢？」

「我和蝴蝶小姐待在這裡，彩華夫人有時去廚房、有時來跟我們聊天，神山夫人也一樣。千草小姐應該待在那邊的房間吧。」

「最後見到千草小姐的是誰？」

「是我。」

加入眾人的諸井護士清楚回答。那聲音相當自信，充滿足以震懾他人的魄力。

「我看見她六點左右從後門離開。然後，在那一分鐘前，她給我看了一張紙條。」

「您看了那張紙條嗎？」

「看了。『醜女和駝子幽會，今天六點半到七點左右，於三輪神社後方。詳細面談』，千草小姐很得意，覺得內海先生迷上她了。」

「那張紙條，是內海先生託我交給她的。」

彩華夫人的表情有些爲難，又有些羞愧，尷尬地說。

「內海先生性情古怪。他說的幽會，想必不是一般的意思，而是反話。他總愛稱這是魑魅魍魎的密會。其實，他只是把想跟對方見面這件事，說成什麼魑魅魍魎、什麼醜女和駝子的密會罷了。他眞的費盡心神寫了一首獻給醜女的詩。千草小姐是爲了那首詩而存在，但他並不是爲了千草小姐寫下那首詩。」

「妳怎麼會知道這些？」光一輕蔑地說。

「況且，誰知道他究竟有沒有寫這首詩。警部，你們查過內海的原稿了嗎？」人見小六問。

「原稿確實檢查過了，但我們在這方面是門外漢。巨勢先生，有那份原稿嗎？」

「有，但只寫了篇名而已。」

「第六感」警部態度一變，環視眾人：

「聽說，昨天晚上這裡相當熱鬧。」

警部帶著笑意注視光一，但光一佯裝不知，別過臉。接著，他轉向彩華夫人。彩華夫人昨晚傷到膝蓋、手臂、手肘、手指，這些地方都纏著繃帶。她一臉困擾，不過大概天生就意識到自己的美，無論何時都散發著從容的氣息，總是給人清澈開朗的印象。於是，警部的目光又停在海老塚醫生身上。

「既然海老塚醫生昨天晚上很生氣，爲什麼沒有馬上回去？」

「我馬上就走了啊。」海老塚臉上寫滿了怒火，齜牙咧嘴，充滿攻擊性。「第六感」警部似乎一無所覺，接著他注意到海老塚雙手上的繃帶。

「您手上的傷是怎麼回事？」

「昨晚在山路上跌倒。」

「海老塚醫生的腳看起來不太方便，不過，從這裡到醫院走四個半小時，未免花太多時間了。昨天晚上，您是九點半離開吧？」

每晚都住在這裡的海老塚，偏偏只在昨晚回家，我現在才知道。我不禁豎起耳朵，但海老塚只是奮力張著那對大眼瞪向警部，並未回答。

「眞不湊巧，昨天夜裡有急診病患，凌晨零點半左右從醫院打電話過來。當時諸井護士去釣殿找海老塚醫生，但沒看見人。海老塚醫生回到家據說是兩點，等於在那之後又過一個半小時。這段期間，海老塚醫生應該不至於花四個半小時走路回家吧？」

「我一直在走路。」

海老塚挺起胸膛，丟出這句話。

「哼！我確實一直在走路。只是，我沒有直接回家。爲了要一掃這些蠢蛋、沒有廉恥傢伙的污穢空氣，找回自己，我只好走進不熟悉的後山山路，才會弄傷手。哼！我看這裡根本是狗窩。哼！愚蠢至極。」

「您有沒有見到誰，或去找人交談？」

「哼，這個村子裡，怎麼可能有值得我特地訪問的人？愚蠢！」

「畢竟千草小姐昨天晚上九點半時遇害了嘛。」

木兵衛出言嘲諷。海老塚氣到發抖，緊握著拳頭，瞪大眼睛狠狠盯著木兵衛，倒吸一口氣。

這時，「第六感」警部又將視線移到彩華夫人的身上。

「夫人，昨天晚上眞是辛苦了，傷勢不要緊嗎？」

彩華夫人嫣然一笑。

「謝謝您。只剩下左膝還有點痛，其他都是擦傷。」

「聽說夫人逃進寢室後，土居先生追上來敲門、踢門，持續到半夜十二點左右。」

光一神情泰然，毫不畏懼地看著警部。

「我記不得了。警部沒有那種醉到以爲自己變成老虎的經驗嗎？誰都會有醉到不省人事、什麼都不知道的經驗吧。昨天晚上我幹了什麼，其他人應該比我更清楚。」

警部點點頭。

「聽說一有人接近，你就會揪著對方。一馬先生，是嗎？」

「我不是故意要接近土居先生，但要進我的寢室，我不得不接近。不料，他揪著我的領口，把我推開，接著又是一陣踹踢。我好不容易才脫身，逃進寢室。巨勢先生他們也都被抓住過。」

「我的寢室也很近。僅僅從門縫探出頭，土居畫家就會張牙舞爪，大吼大叫衝過來。前一個小時大概都是這種狀態吧。」

神山東洋點點頭。

「沒錯，直到十一點左右爲止，他都擋在門前，目光凶狠，像門神一樣怒吼，胡鬧得可精彩了。十一點左右，他坐在走廊上，背靠著門，又唱歌又大叫。別看我這個樣子，其實我很愛看書，昨天晚上也躺在床上看書。他的怒吼漸漸變小消失，是在零點十八分左右。當時，我悄悄打開門偷看，只見土居畫家一邊打盹，一邊靠在門板上往下滑。」

「第六感」警部頷首。

「神山先生的職業是律師，相當仔細地注意這些關鍵的時間。多虧您的說明，讓我對事情的發展更清楚了。夫人寢室的門口，位置剛好可看到整個走廊。靠在那扇門上，所有經走廊上出入的人，就能一覽無遺。土居先生，您能不能告訴我們，看到誰出入走廊？」

光一有些尷尬，難爲情地開口：

「聽各位說起來，昨晚在下好像每當有人出入就會大吼追趕，但我眞的不記得了。不過當我靠在門上、一屁股坐在地板上後，大家約莫都睡了吧，應該沒有人再出入。等一下……」

他陷入沉思，但似乎想不起來。

「土居先生，您是否離開過這扇門前？」

光一搔搔頭。

「可能曾去小便吧，但我一點印象都沒有。」

「不，他絕對沒有離開門前。」

神山東洋篤定地說。

「從同樣位置發出的怒吼聲，從未間斷超過五秒。問夫人想必最清楚。夫人總不至於背對一隻猛虎，還能安然熟睡吧。」

聽了這句話，彩華夫人也板起臉，應道：

「對，我都記得。直到十二點多，我門前的老虎叫聲幾乎沒停過。自從老虎出現在這山裡，我就睡在丈夫的寢室，只有昨天晚上逃進自己的寢室。我平常習慣將房門的鑰匙直接插在門的內側，進房後可以馬上鎖門。幸好我早他一步進房，順利鎖上鑰匙。全多虧了我平日邋遢的習慣。」

這時，神山東洋問：

「兇手會不會是從窗口進來？」

「怎會這麼想？」

「土居畫家始終守在門口，就算現在土居先生說不記得，也不至於有人敢冒險，在他眼皮下外出去殺人。除非兇手深知醉漢的心理，才敢如此大膽。」

「或許正如您所說。」

「第六感」警部不愧辦案經驗老道，我們一點都沒有發現搜查的跡象。不過，我從巨勢博士那邊得知，目前並無任何兇手來自外部的形跡，至少不是從房間的窗戶侵入。

兇手並未花心思，搬弄從窗戶進入，或從門進入的伎倆。正因沒耍奇怪的花樣，反倒沒有線索。愈是耍花招，愈會留下「心理足跡」。在我這種寫小說的人眼中，要判斷可說易如反掌，但沒留下任何線索，讓我們這些業餘偵探無跡可攀。

結束問話後，「第六感」警部才說出眞正的重要目的。

「如同各位所知，在這家中，三天內已有四人喪命，在日本可謂空前大案。這種時候，住在同一宅邸中的各位儘管素行良善，還是無法擺脫嫌疑，我想這才是法治國家該有的規矩。我坦誠請求各位，接下來警方希望調查各位的寢室和持有物品。關於這一點，爲了向各位尊貴的知識分子致上敬意，容我先概略報告搜查時的關注重點。首先，從內海先生淒慘的出血情況推斷，凶手衣服上不可能沒有留下血跡。凶手如果不是將衣服藏起，就是已清洗，總之，必須以某些方法處理。調查各位的寢室和持有物品的目的正是在此，但我們並不強制。只是希望各位秉持公正良知提供協助，我期待這次調查可成爲各位有力的反證。」

對於警方要檢查持有物品一事，在場女眷不免騷然，頓時湧現一股不尋常的氣息。不過堅持拒絕的，到頭來只有海老塚醫生一人。

可是，經過這一番驚擾，警方找到附有血跡的衣服。只有彩華夫人被光一追趕時撕扯破碎的衣服，上面的血跡也是彩華夫人的血跡。內海的血型是B型、彩華夫人是O型，這件衣服沒有特別的問題。

警方也翻找了我們的行李，但並未找到那串關鍵的鑰匙。

12 CHAPTER 第十二章

駝子詩人爲何被殺

連續三晚發生命案，連我們幾個大男人都覺得毛骨悚然。光是鎖門不夠，得用繩子綁住門把和床架，費盡思量，簡直到了神經衰弱的地步。住在和室的光一也不例外，他的房間不能上鎖，忐忑不安無法入睡，似乎都趁白天午睡補眠。

巨勢博士相當仔細地測量，從火葬場走到後門這條路的時間。他拿著碼表，五天來回在同一條路上。其中一天，我隨他一起去調查。

「平常大概要花四十到四十五分鐘吧。這裡還有這種小徑呢。」

從火葬場到後門的中間點，有一條寬約一尺的小徑，沿著河下到谷底。那條路相當狹窄，不仔細看幾乎不會發現，下到谷底後，沿著石頭度過山谷，路徑痕跡相當模糊，彎彎曲曲朝密林深處延伸而去。

我跟著巨勢博士，撥開雜草，走在小徑上。這時，我忍不住屏息凝視，眼前居然就是三輪神社。我們走到三輪神社旁邊了。

我忍不住叫喊：

「原來如此！我知道了。凶手從這條路先繞回來殺害千草小姐，然後，讓從另一條路回來的內海行經才回家。不對、不對，凶手見到內海，應該是若無其事地敷衍過去，內海才會被殺。」

巨勢博士笑著說。

「如果是這樣，在這裡殺掉內海先生比較安全吧？」

「我不知道凶手是否來過這條小徑。但既然有這條小徑，恕我直言，三宅先生、丹後先生，還有您，也都有嫌疑。事情眞是愈來愈複雜了。」

一般來說，從火葬場走回後門，大約四十到四十五分鐘，而拖車一直到中途都是小跑步般的速度，搞不好花不到三十分鐘。以內海的跛腳，來回三輪神社可能要花二十五到三十分鐘。假如光一是六點五十分或七點左右回家，內海晚他五到十分鐘回來，等於根本沒有所謂幽會的時間。這時，千草小姐已被殺。內海一定是沒看到人，誤以爲千草小姐不願意赴約，於是悻悻然回來。如果他見到千草小姐，回來的時間應該會更晚，或跟千草小姐一起回來。

「諸井護士聲稱看到的那張幽會紙條，眞的存在嗎？」

「我正在找，但在千草小姐身邊的東西裡並未發現。」

我不喜歡諸井這個女人，總覺得她自以爲是，裝模作樣，故作理性。在彩華夫人承認受託轉交紙條前，我一直以爲這件事如果不是千草小姐演的一場戲，就是諸井護士搞的把戲。

珠緒小姐被殺時，枕邊的杯子和水壺裡摻有嗎啡，而海老塚醫院裡也偷藏著嗎啡。其實，多門老人有嗎啡成癮症，這屋子裡也藏有嗎啡。

一天，巨勢博士和我受邀去拜訪多門老人的書齋。談到這一連串命案時，諸井護士也在場，替多門老人打維他命針。於是，我故意說道：

「不是千草小姐生前，諸井小姐也是珠緒小姐生前最後見到的人。再加上，珠緒小姐枕邊的杯子和水壺裡都摻有嗎啡，根據現代推理小說的規則，又是護士又是嗎啡，實在是十分常見的搭配，不太可能留下如此明顯的線索。但反過來說，也可能是看準這一點，刻意留下明顯的線索，反倒不會被懷疑，於是布下這種機關。畢竟諸井小姐看來是極講求知性的人。我知道這些話相當失禮，不過面對像您這樣莫測高深、充滿謎團的女士，身爲三流文人也忍不住產生種種猜測。」

儘管失禮，但既然是這戶人家的客人，比起客套招呼，不如直話直說「你就是凶手吧？」，來得痛快乾脆。

諸井護士瞪我一眼，「矢代先生是最晚從火葬場獨自回來的吧。」

「沒錯。我看諸井小姐的體格挺健壯結實，腕力應該堪比一般的男子吧？」

巨勢博士笑著問。

「王仁先生遇害時的鈴鐺、珠緒小姐遇害時的嗎啡，兩個命案現場都留下令人玩味的線索，千草小姐和內海先生的命案現場卻沒有這些東西。」

多門老人聽了之後表示：「原來如此，這確實是有趣的著眼點。」

「這可不行。」巨勢博士難爲情地否定。「愈是有趣的著眼點，愈容易僞裝成眞相。這只會讓當事人志得意滿，對結果沒有幫助。矢代先生，文學不也是這樣嗎？」

「我想政治也是一樣。不過，巨勢先生，這些犯罪應該經過相當縝密的計畫吧？但內海先生的命案，我覺得很奇怪。當時土居先生分秒都注意著周圍，狀況可說相當危險，凶手爲什麼偏偏要選這時候殺人？我實在想不通，一定有什麼非得在這天動手不可的原因吧。假如能解開這個謎，或許可找到一絲線索？」

「您覺得這會是怎樣的謎？」

多門老人沒回答，我接過話：

「可能是內海看到凶手的眞面目了吧。但他並不知道千草小姐被殺，所以也不知道要懷疑凶手。因此，凶手無論如何都得在當晚滅了內海的口。」

「可謂危急存亡之際，不過眞是一計險著。」

這時，巨勢博士說出一句奇妙的話。

「也可能是最安全的方法。」

「爲什麼？」

巨勢博士又笑了起來。「如果光一先生在樓下和室，要殺內海先生就有點麻煩了。」

多門老人目光一閃，看著博士，但並未再多說什麼。

13 CHAPTER — 第十三章

聖潔處女也是說謊高手

平安無事地度過一個星期，七月二十六日，午睡醒來之後，加代子小姐來我們房間找京子。

這天是一馬的生日，主屋的廚房在煮紅豆飯，別館的廚房則忙著準備晚餐。加代子小姐今天罕見地來到別館的餐桌做客。

加代子小姐是位聖潔處女，相較之下，彩華夫人除了有著如花般的絢麗，又有著少女氣息，一點也不像結過婚的女人。那種魔性的妖豔往往會勾起同性的敵意，更重要的是，幾乎所有男人都特別容易對她傾心，導致她常受嫉妒。由於一馬的關係，一提到彩華夫人，加代子小姐往往神經格外敏銳，容易產生反感，很難應付。

過度激烈的憎惡和嫉妒，反而會讓當事人變得不堪，襯托出對手的好。像加代子小姐這樣清純的女孩，也會帶給對方痛苦的情緒，實在讓人深深體會到，這世上確實有所謂的美麗妒鬼。

加代子小姐可能是體弱多病，有種宗教氣質，並且化爲預言者的形式展露在外。

但她也有頑固的一面，例如，知道彩華夫人室內鞋的一個鈴鐺掉在王仁床下，就認爲她是凶手，或者，覺得王仁和彩華夫人之間有不尋常的關係等等。我們很清楚事實並非如此，可是她實在太敏感尖銳，讓人難以招架。

「加代子小姐，這可不一定。王仁命案發生當時，只有彩華夫人有不在場證明。她睡在一馬房間的床上，一馬則整夜沒睡，在寫文章。」

「那是哥哥在掩護嫂嫂，他完全被嫂嫂騙了。」

大概就是這樣，一提到彩華夫人，她就激憤不已。

談到一半，一馬和彩華夫人恰巧來找我。

「哦，這不是加代子小姐嗎？眞是稀客。」

彩華夫人眼珠骨碌碌地轉動，高興得像飛揚的花粉。

「今天的晚餐一定很開心。加代子小姐宛如芬芳的高山植物，光是坐在那裡就能把花朵的美傳達給各位。」

我以爲加代子小姐會對這番客套話心生反感，表現出不耐煩，結果不然。只見她開心地笑了。

「嫂嫂才是像花束一樣，香氣馥郁。」

她那陶然的語氣，彷彿由衷心醉於彩華小姐的燦爛丰姿。

我只覺得訝異。女人這種生物啊，連眼前清新純潔的女孩也是天生的騙子、外交家、社交專家。在我看來，加代子小姐又特別嚴重。

仔細想想，加代子小姐其實非常孤獨，稱得上朋友的僅有京子，身旁沒有多少能眞正敞開胸懷說話的人。她會活得充滿權謀心機，也可說是自然驅使。我只是剛好跟京子在一起，得以知道加代子小姐權謀之下的眞心。女人的內心幾乎都是這樣，可能是我們男人很少有機會接觸到女人的內心吧。

出乎意料，一馬一點也不顯得尷尬，沉穩地說：

「加代子，身體狀況如何？前幾天不是還有些發燒嗎？接連發生這種事，我看妳也沒辦法靜心休養，可是聽說妳最近連海老塚醫生開的藥都不願意吃。這麼神經質不太好，醫生開的藥都得吃。」

加代子小姐悽然抬起頭，應道：

「可是，我又沒有打算長命百歲。」

「妳怎麼會有這種念頭？京子夫人，您說是不是？」

「就是啊，不要說什麼『想快點死』這種話。如果懷著光明的希望，病很快就會痊癒。」

眞不負責任，把治病說得這麼容易，病人想必不會信服吧。

接著，一馬轉向我說：

「不過，最近海老塚醫生有點令人頭痛。剛剛論語研究會的老師奧田利根吉郎，拿著海老塚醫生的介紹信上門，表示願意出差過來為我的客人講一席論語，問我何時方便。恰巧『好鼻師』荒廣介刑警來了，我就拜託警察幫忙把對方請回去。海老塚醫生的介紹信內容也相當可笑，說什麼請奧田來講課是爲了大家好，奧田是天才、是聖人等等，根本不符合常識，我看他根本腦筋有問題。」

「論語老師腦子還正常嗎？」

「所謂的狂信之徒，都是因狂信才被稱爲狂人。」

「好像挺有趣的，不如請他來講一席。聽起來彷彿是丹後的小說裡可能出現的人物，他一定很感興趣，會大大吹捧或開這位老師的玩笑吧。人見小六終戰以來的近作裡，也出現許多怪人、奇人、狂人。或許戰爭正是狂人當道的時代。」

「性感歌舞秀和論語老師就像是胡枝子和明月這對絕配，眞是的。坂口安吾那位作家的小說，不也宛如性感歌舞秀和《論語》老師的結合嗎?對了，『好鼻師』刑警似乎有話想問我們。」

我們留下加代子小姐和京子離開房間。「好鼻師」刑警在一馬的房間等我們。彩華夫人去廚房幫忙準備晚餐。

「好鼻師」刑警是和「靈光現」女士一起來的。

「勞煩您走一趟，眞不好意思。」

「好鼻師」刑警外型粗獷，卻很講究禮貌。他先對我們鞠了一躬。

「今天想請教各位關於文壇的事。聽說，望月王仁先生樹敵不少？」

「怎樣的敵人？」

「文學上的敵人。望月先生逝世，誰會高興呢？」

「首先，沒有人會不高興，幾乎所有作家都討厭他。他是個無禮粗魯的傢伙。當然，我也覺得痛快。」

「文人的妒意都這麼深嗎？」

「靈光現」女士以尖銳的嗓音突擊。

「你一定是沒有自信吧？天分不足才會嫉妒別人，眞是卑劣。」

「畢竟我們不能靠乍現的靈光吃飯啊，實在太不幸了。我們的確腦子不好。」

「望月先生逝世後，你的稿子應該更多人買了吧？」

「妳說得沒錯。」

「不過，矢代先生，您認爲可能因文學上，也就是才能上的嫉妒，而動手殺人嗎？」

「當然。在眾多可能性當中，這算是發生機率相當高的一種吧。但放眼古今中外，實際上因此殺人的案例或許並不多。一來是就算殺了對方，自己的才能也不會提高。文人之間的嫉妒，問題不在名聲，而在才能。殺了對方對自己的才能又沒有幫助，到頭來，自然幾乎不會有肇因於此的殺人命案。」

「原來如此，很有道理。不管是何種技藝，因嫉妒對方的技藝而殺人的案例，看似有可能，其實幾乎沒發生過。確實，殺了對方，自己的才能也不會有任何改變，又有什麼用？對了，容我問個失禮的問題。各位生活在這一連串的命案當中，還不只一樁。連續三天，認識的朋友有四人被殺，就算不是特別多疑的人，此時會心生懷疑、揣測也是很自然的，我應該沒有想太多吧？」

「大家都難免會產生類似業餘偵探的心情吧。」

「是，您說得對，這確實是人類的本性。所以，我想冒昧拜託大家，告訴我心中暗藏的想法。當然，大可採用各位覺得方便的方法。例如，以半遊戲的方式，進行猜測凶手的投票。由警方主導大家或許會不舒服，不如由矢代先生開玩笑般提出。怎麼樣？不需要太認眞，當消遣試試即可。」

「這樣做的結果，有什麼意義？我們確實都懷著業餘偵探的心情，各有揣測，但對於誰是凶手，應該沒人有明確的結論吧。我也一樣，若問我認爲凶手是誰，我沒有足夠回答的推理根據。」

「無所謂，不知道的人就回答『不知道』也行。或者，就算沒有明確答案，也可能覺得某人很可疑、行爲有蹊蹺。大家可用自己的方式，舉出暗藏心中的祕密。」

「可是，我不想主導這種活動，還是由您來吧。就算大家會不舒服，反正這原本就不是什麼正派方法，只能由您負起責任。使喚他人只會顯得更不正派，我看不如由『靈光現』小姐主持，想必會很有趣吧。」

「說什麼正派不正派的，那你自己呢？你不正是跟歌川先生的小妾私通的人嗎？現在還厚著臉皮帶小妾回到前夫家，豈止大膽，根本全身上下都是由膽製成的吧。莫非您自以爲正派？那麼，在您眼中，警方辦案不就像上帝的審判？人貴自知啊。」

「靈光現」女士這番話說得毫不留情。

不過，猜凶手這個半消遣的投票遊戲，卻成了無法避免的大工程。

14

CHAPTER

第十四章

與聖潔處女最後的晚餐

我們還沒有坐上餐桌。大家聚集在客廳，酒黨啜飲著威士忌時，海老塚醫生帶著一名身形瘦長、年約三十左右的光頭男人出現。那人有著凸出的顴骨，臉色蒼白，根本像是營養不良的範本。就在此刻，咕咕鐘通知已七點。

海老塚醫生故弄玄虛地說：

「各位，我來介紹這位奥田利根吉郎老師。他不僅是《論語》學者，更是最眞摯誠實的《論語》實踐者、苦行者，也是聖人。」

聖人一臉鐵青，不住顫抖，僵硬地看著眾人。

「人不是只爲了麵包而活……」

「喂喂喂，那不是《論語》裡的話吧。你膽子倒挺大，竟敢這樣悠哉出現。想用東西合璧的拙劣演說來敷衍我們嗎？你這搞不清楚狀況的猴子。再不濟，藝術家也是一種純粹的生物。跟那些成品是不一樣的，搞不清楚狀況的猴子就退下，連下酒菜都稱不上。」

光一青筋暴露，不高興地瞪著他。

人見小六接著說：

「眞是讓人不愉快。喂，海老塚，你出現在我們的聚會已毫無意義、令人不悅，沒有經過我們同意，帶這個陌生人來是怎麼回事？我們是這個家的客人，《論語》講究禮，而《論語》學者從出現的方式就違背了《論語》的教導，像話嗎？」

一馬也很生氣，忍不住開口：

「海老塚醫生，這裡的主人是我。我不允許這個人物進入家裡，快帶他離開。你最好暫時也不要出現在我們的聚會中。」

一馬嚴厲的語氣出乎海老塚的意料，他顫著唇，好一陣子說不出話。但愛嘲諷人的丹後如我預期，緩緩開口，平靜地說：

「《論語》聖人的教誨，在東京可聽不到，我看就別拘泥於什麼俗禮常識。搞不好能在跳脫禮法常識之外的地方，發現這位聖人的偉大之處。還沒有看出眞正價值就抗拒，不是習藝之人該有的心態，各位說是嗎？」

「夠了，你只會照著樣板說話，連自己的喜好都不知道。滿嘴煞有介事的樣式，所以你寫的東西才會那麼虛假。王仁和你簡直有如雲泥之差。」

光一猛然站起，雙手抓住聖人的肩膀，讓他往後一轉。

「好，快走吧。你了入侵民宅罪，我們不會告你。你快點離開，消失在我們眼前吧。快！一、二，一、二！」

這位聖人以前曾被王仁狠狠修理一頓，在海老塚醫院治療過，眼前出現體格絲毫不輸王仁的豪傑，他臉色益發蒼白，再也說不出話，搖搖晃晃被往後推，就這樣從餐廳的門被推了出去。海老塚追在他身後，兩人一同消失在餐廳門外。

晚餐準備好了。

「眞是的，一個瘋醫師就很麻煩了，再加上丹後這個假藝術家實在夠煩人的。他還得意洋洋，讓人更看不下去。加代子小姐，這眞是個好名字，而且您看起來無比正直坦蕩。跟丹後那種冒牌貨相比，可以感受到能一窺事物本質的深度。來吧，小姐，讓我坐在您身邊。像您這般正直有深度的小姐，我不會隨意開玩笑或調戲，只希望跟您聊聊，在您深沉寧靜的心中，映照出的諸事萬象。」

光一邀加代子小姐入座，接著坐在她隔壁。因此，京子和加代子小姐只得分開。但加代子小姐似乎不討厭光一，還願意跟他交談。我們覺得很奇怪，但或許生澀的少女就是無法招架這種男人吧。

神山東洋的夫人木曾乃和女傭八重，跟平常一樣在幫忙出餐。當菜肴上到一半時，海老塚繞過主屋，從客廳進到餐廳，但並沒有準備他的位子。見狀，京子說：

「您的晚餐也準備好了，座位馬上調整。」

她正要搬來放在室內一角的椅子，一馬卻流露前所未有的怒氣，抬頭道：

「海老塚醫生，這個聚會似乎跟您的調性不太合。您執意要參加，想必有什麼讓您中意的地方，但其他朋友都感到不太愉快，請您立刻離開，到主屋用餐吧。」

「哎呀呀，一點也沒錯，早該如此。我的調性也跟大家不太合，只是警方下達禁足令，不得離開，只好強忍著不悅犧牲了。」光一捶著胸口。

「相較於加代子小姐的美麗、寧靜、深沉，彩華這種女人就像插上孔雀羽毛的張揚生物。恕我直言，提到靈魂的姿態、立身處世的正直與否，還有悲劇式的深沉寧靜，連流行女作家宇津木秋子小姐，都遠遠不及這位聖潔處女——加代子小姐。噢，眞是抱歉，我不惜觸怒貌美的青鞜（註）詩人，只爲了讚美加代子小姐。如此純情，我都想誇讚自己了。」

「哪裡，光一先生的純情，我比任何人都認同。」

儘管脹紅臉，宇津木小姐還是眼角帶著媚態應道。

「加代子小姐値得百般讚美，我這種人根本是女人的渣滓。」

「不，秋子小姐，眞是抱歉。正因我從以前就深知您公正寬厚的心性，才敢放膽這麼說。您這般大度，不愧是寬闊如海的青鞜（註）詩人。」

「這種時候，要是內海先生還活著，應該會說些什麼來反駁光一先生吧，眞是可恨。」

「如果是內海，到頭來可能會說『可恨這兩個字，聽著十足眞性情』吧。」人見小六挖苦了秋子小姐一番。

「我看是十足眞性慾吧。」木兵衛不高興地別過臉。

「我看不起貶損妻子性慾的人！」光一正色批評。

這時，彩華夫人站起來，對隔壁的京子低語，於是兩人一起離開餐廳。

過了幾分鐘，她們返回。京子走到我身邊，說道：

「我剛剛和彩華夫人去小解，她說一個人害怕，要我也一起去。不料，她看到有人躲在

註——日本最早由女性創辦，編輯和發行出版的月刊雜誌，也是日本最自發組織的女性社團「青鞜社」的機關刊物。

院子裡。感覺有點嚇人，你去看看吧。」

彩華夫人也把這事對一馬說了，只見一馬站起。我叫上巨勢博士，在彩華夫人的引路下，前往連接主屋和別館這條走廊上的廁所。別館樓下的廁所，緊鄰內海遇害的房間，女眷們當然會想避開。這時，走廊外的主屋前廳閃過一個人影，原來是「讀過頭」先生。

「是刑警啊。」

「是，我剛好晃過來巡視一下。」

「每天都這麼做嗎？」一馬問。

「沒錯。當您熟睡後，我們也會繼續巡邏。」

「那剛剛躲在院子後面樹叢的是您嗎？院子的瀑布上方，也有人巡邏？」

「這我就不清楚了。我們並沒有特別商量，大概是『好鼻師』吧。不對，『好鼻師』應該另有工作，我去瞧瞧。」

彩華夫人稍微安心了點。既然都來了，我和一馬順便去小解，我先回餐廳。大家三三兩兩離開餐廳，木兵衛和神山東洋在我進來後也去如廁，才又回座。這時，咖啡送上桌。

八重來到光一身邊，將咖啡放在桌上。光一拿起杯子轉了一圈，仔細撫摸。

「可惡，又拿破杯子給我！」

他瞪著八重。

「還不是您摔破了咖啡杯，這叫自作自受。」

八重對光一沒什麼好感。

「不如給加代子小姐吧，她的杯子破得更嚴重。」

前幾天光一大鬧一陣，翻了桌子，大約有一打咖啡杯或破或碎。之後，咖啡杯的數量就不太夠，光一一定會分配到破掉的杯子。今天晚上加代子小姐過來，她的杯子也是破的。加代子小姐是女傭生的孩子，比客人待遇差也是無可奈何。八重依照平日的習慣，把光一常用的杯子分配給他。加代子小姐拿到的，則是破得比光一更嚴重的杯子。

「那就給加代子小姐吧。這個還沒破得那麼嚴重。」

光一和加代子小姐交換咖啡杯。

加代子小姐攪了攪，喝下一、兩口，表情變得很奇怪。她狐疑地輕輕放下杯子，看了一會，突然推落杯子站起，瞪大眼睛揪著胸口，往前趴在桌上，隨即倒下。光一呆住，上前要將她抱起，她卻癱軟地從光一懷中滑落到地上。

光一抱著加代子小姐，一邊搖晃她，一邊抬起驚恐的臉，喊道：

「喂，快叫醫生！在拖拖拉拉什麼？快點叫醫生啊。你們怎麼還不懂？可惡！喂，怎麼愣著？我說快點去叫醫生啊，混蛋！」

京子和一馬衝上去照顧她，沒想到海老塚醫生很快就出現。他把脈一、兩分鐘後，搖搖頭站起。

這時，光一用如破鐘般的聲音大吼：

「別動！不准出去，也不准動桌上的東西。加代子小姐是被毒死的，她是代替我被殺。可惡，竟想下毒殺我。看到了嗎？死的是加代子小姐。大家都坐好，回到原本的座位。」

光一狂暴的眼裡怒火熊熊，注視著彩華夫人。他因憤怒而亢奮，肩膀不斷起伏，劇烈喘息。

此刻，下枝小姐困惑地打開門出現。

「海老塚先生在嗎？」

海老塚抬起臉，訝異地回頭。神山東洋大聲回答：

「他在。」

「您能馬上來一趟嗎？老爺的樣子有點奇怪。」

說著，她發現倒地的加代子小姐，差點要昏倒，又強作鎮定。

神山東洋洪亮的嗓音，像弔鐘一樣煞風景地迴響：

「八點十四分。」

附記

住在伊東的尾崎士郎（註）先生，告訴他的訪客，坂口那篇推理小說的凶手一定是「我」。坂口安吾小說中的「我」總是反派。所以呢，哼，凶手一定就是書中的「我」啦。喔……嗯，我知道了。喂，拿酒來。

住在三鷹的太宰治先生則告訴雜誌記者，目前凶手尚未出現，會在最後一回才出現。凶手只會若無其事地出現一次，就是那傢伙。一定是這樣。最後一回若無其事出現的那個人。老闆娘！啤酒，儘管送上來！

這兩位偵探沒資格接下作者的挑戰書。道理一目瞭然，我就不再細說。

最勇敢大膽的要屬九州的「鼻師」先生。他利用上京的機會，大老遠來到我家。

「坂口先生，我現在猜中凶手，你就寫不下去了。儘管如此，你還是要聽我的推理嗎？我真的可以說出來嗎？」

他的開場白煞有介事，不過其實沒什麼。某人擬劇本，由完全不同的人執行。哎，這不是《Y的悲劇》的手法嗎？不管是「靈光現」女士或「鼻師」先生，九州人似乎都有過度倚

註—一八九八～一九六四，日本小說家。

賴靈感的傾向，太過輕率。

住在埼玉縣久喜的「好鼻」先生（跟九州的「鼻師」先生恰恰合稱「好鼻師」）尊奉婦唱夫隨，愛好溫馨家庭及和平，而推理小說的開頭竟馬上剝光女人的衣服，實在太隨便，坂口先生該不會腦子有毛病吧？我看就算「好鼻師」再多一顆鼻子都沒用。

這個月找不到值得下挑戰書的對象。全天下竟無能者，看來我太高估日本人。寫了一部推理小說，因而得知祖國智慧之絕望，實在遺憾、實在意外。

坂口安吾

15 CHAPTER — 第十五章

砂糖壺和光一的戲法

搬走加代子小姐的屍體後，警方將我們和坪平夫婦、女傭八重等人留在客廳，封鎖餐廳和廚房。

現場勘驗結束後，「第六感」警部一行跟下枝小姐和諸井護士一起出現在客廳。這時是九點半左右，他們先調查了餐廳和廚房才出現在我們面前。

「各位，時間這麼晚，又要麻煩各位，但還請務必配合。我們爲自己的無能深感慚愧，可是我們面對的無疑是惡魔中的天才。」

「第六感」警部似乎有點激昂，失去平時的冷靜，展露出滿滿的鬥志。緊張的神色不像他這年紀該有的樣子。

「今天晚上，在不同地點，同時發生兩起命案。」

「兩起？」

宇津木秋子女士不由得驚嘆，「第六感」警部點點頭。

「沒錯，兩起，歌川多門老爺和加代子小姐。不過，下手的地點應該在這一帶。兩位的死因都是混入食物中的毒，加代子小姐死於氰酸鉀，歌川多門老爺死於嗎啡。」

這實在太令人驚訝了。多門老人致命的毒品不是加在咖啡中，而是混入布丁裡的嗎啡。坪平夫婦首先接受偵訊。多門老人不吃紅肉，魚肉只挑極清淡的種類，所以他的餐點菜色和我們不同。這天他吃的是鹽烤香魚、冰鎭鯉魚生魚片、湯、冷豆腐、涼拌青菜。

用完晚餐，多門老人都會吃布丁。午餐搭配的是果凍，從今年春天以來皆由彩華夫人負責。

嗎啡混入布丁液體中燉煮，並非撒在成品上。

「但這太難想像了。我準備布丁時，並未發生什麼特別的狀況，我也不記得曾中途離開，都沒有任何異常啊。」

「您什麼時候開始做布丁的？」

「四點左右吧。警察出現，說想見矢代先生，所以我前往矢代先生的房間，跟剛好在場的加代子小姐打過招呼後，回到廚房。接著，我做好布丁，放進冰箱冷藏。」

「夫人，該不會是砂糖裡……」

坪平太太插了話。彩華夫人張大眼睛看著她，滿臉脹紅，目光益發閃亮。

「砂糖怎麼了？」

「第六感」警部追問，坪平太太答道：

「由於對身體不好，老爺不吃一般的砂糖，而是使用甜菜糖。只有老爺吃的東西，會使用裝在特別砂糖壺裡的糖。」

警方馬上著手調查餐廳裡的砂糖、醬油，果然發現只有多門老人用的砂糖壺裡，混入大量嗎啡。

砂糖壺是一般的玻璃壺，裡面還剩下一半的砂糖，在這天之前用來做菜都沒發生什麼異常。

「除了布丁之外，其他菜肴會用到砂糖嗎？」

「晚餐其他菜色並不會用到。」

坪平惶恐地回答，嚇得臉色發白。

「做布丁之前，上次什麼時候用過砂糖？」

「午餐的紅茶用過。老爺午餐吃三明治，所以在兩合牛乳中加入紅茶和砂糖燉煮。」

「用的量不少。」

「是的，應該跟布丁用的分量差不多。」

「歌川先生全部喝完了嗎？」

坪平不知該如何回答，下枝小姐接過話：

「全喝完了。」

「是您負責侍餐？」

「是的。」

「之後有任何異常的狀況嗎？」

「沒有。」

「紅茶是什麼時候準備的？」

「老爺固定十二點半吃午餐、八點吃晚餐，下枝小姐通常都在十分鐘前來取餐。我們會趕工預備妥當，應該是剛好在十二點半的十分鐘前完成。」

「第六感」警部點點頭。

「那麼，在十二點二十分到下午四點之間，有人碰過砂糖壺嗎？」

坪平惶恐回答：

「這……我、我向來不會注意。」

「您一直不在餐廳嗎？」

「是，午休我會回房。到下午三點左右是我的休息時間，我太太會在廚房收拾善後，待到一點半左右。」

「是，我在洗碗盤。神山夫人也來幫忙，我在一點半左右回房。」

「這段期間有誰來過廚房嗎？」

「用完午餐，大家都睡午覺去了，到三點之前很少有人會來廚房。三點多我們都進廚房後，以彩華夫人爲首，包括宇津木夫人、矢代夫人、丹後先生、神山夫人，許多人都來過，但沒有人碰過砂糖壺。」

「一點半到三點之間，廚房都沒有人嗎？」

「沒錯。不過，兩點左右店家送香魚來，諸井小姐幫忙收貨。」

「您去接收了香魚？」

「沒有，諸井小姐隔著門說已放進冰箱，很快就走了。這家的傭人午餐後有睡午覺的習慣，大家都清楚，所以會小心不去打擾休息時間。」

「第六感」警部頗感興趣地打量著諸井護士。

「您最近好像都沒有醫院那邊的工作要忙？」

「上午八點到十一點半爲止，因千草小姐的事，由良夫人病情惡化，老爺命令我待在家裡。」

諸井護士依舊表現得相當坦然。即使是被譽爲大人物的男人也一樣，男人這種生物很容易因對象改變態度，諸井護士表情卻平淡如水。不管面對大公爵或逼人的「第六感」警部，她的情緒都毫不動搖，令人欽佩。

「送香魚也是您分內的工作嗎？」

「那段時間家裡醒著的下人只有我。」

「當時廚房沒人嗎？」

「不，有一個人在。」

大家忍不住緊張起來。「第六感警部」聚氣於臍下丹田，愼重地問：

「是誰？」

「加代子小姐。」

眾人混亂的心思化爲浮動的氣息。「第六感」警部氣勢悍然地指責：

「諸井小姐，您是算準了反正死人無法開口嗎？」

諸井護士冰冷地點點頭。

「或許吧。但因此不相信我的話，未免太愚蠢。」
「加代子小姐當時在做什麼？」
「她說是來喝水的。我把香魚放進冰箱時，她步出廚房。離開廚房後，我看到加代子小姐在客廳椅子上讀書。她去找過矢代夫人，但夫人在午睡。」
「我也在客廳看到加代子小姐，大概是下午兩點四十分吧。她確實在看書。」
蝴蝶小姐也插了話。
時間將近十一點，「第六感」警部有些不耐。
「那麼，神山先生，出於職業的關係，您似乎具備敏銳的觀察力，請說說晚餐時的狀況吧。」
「是嗎？那我就代表各位進行說明。」
他果然很習慣這種場面。剛剛還看不出來，一旦接獲指名要代表大家，他的氣勢就大大不同。神山似乎深知該如何應付這種局面，連「第六感」警部都輸他幾分。
「首先，在晚餐之前，我們聚集在客廳。等待晚餐上桌時，各自喝著啤酒或其他酒類，這座咕咕鐘通報是七點。先向各位報告，這座咕咕鐘慢了四分鐘左右。當咕咕鐘報時七點，海老塚醫生帶著論語研究會那個臉色蒼白、身材瘦高，穿軍服名叫奧田的傢伙出現。經海老塚醫生向眾人介紹，這位聖人立刻開始演說，才提到人不能只靠麵包而活，土居畫家就瞪著聖人罵『混蛋，孔子沒有講過這種話，對著我們這些作家談論東西合璧，這傢伙實在可疑』，人見小六先生也痛罵他不懂禮貌，只有丹後先生站在聖人那邊。最後，主人一馬先生表示，不允許有人擅自侵入民宅，於是土居畫家要他轉身向右，數著『一、二，一、二』，把他推到餐廳門外，海老塚醫生也跟他一起離開。當時我有點好奇，海老塚醫生，您是脫了鞋從主屋過來的吧？是光著腳走過來的吧？」

海老塚醫生轉動著發亮的眼珠，並不回答。

「在這些前奏曲之後，終於要正式表演。」

光一打斷神山的話：

「接下來，換我來說吧。快吃完飯時，這家的夫人附耳和京子夫人說了幾句悄悄話，便一起離開餐廳。過了不久她們回來，換成帶著矢代、一馬、巨勢五人離開餐廳。之後一團混亂，又有兩、三人出出入入，這我就記不太清楚了。當時，咖啡送上了桌。警部，您聽清楚了，唯獨我用的咖啡杯有標誌，那杯子邊緣有破損。我確實打破了一打咖啡杯，但這麼大的房子裡，難道沒有替換的杯子？未免太奇怪了吧？約一星期前，她每次都拿這個咖啡杯給我，說是我弄破杯子，只能用這個，就是那邊的女傭啦。您聽聽，當中一定有人指使，都是經過計畫的。是誰指使的？不用說，大家都很清楚吧。那人依照計畫，在我的杯子裡加了氰酸鉀，不巧加代子小姐的杯子也破了，還比我的杯子嚴重，於是我跟她換了杯子，就是這次悲劇的開端。假如是我，雖然沒有乍現的靈光，但喝到氰酸鉀咖啡一定會馬上發現，立刻吐出來，畢竟我是不死之身。警部，只要調查晚餐尾聲出入餐廳的人，就知道凶手是誰。」

「那您爲什麼要換咖啡杯呢？」

「第六感」警部好奇地問。

「那還用說，我的人生目的，是爲女人效犬馬之勞。」

「騙人，你是在自己杯子裡加了氰酸鉀後，拿給加代子小姐的吧。」

彩華夫人氣到發抖，瞪著光一，光一卻別過頭不搭理她。彩華夫人難以遏止心裡的怒氣。

「這個人很會變戲法。對他來說，把毒藥放進咖啡杯，簡直跟騙小孩的伎倆一樣簡單。不管賭花牌或骰子，他最擅長的就是作弊，尤其擅長手指戲法。」

光一坐的沙發旁邊剛好放著棋盤。光一拿起一顆棋子，彷彿故意要捉弄彩華夫人，指尖夾著棋子，伸長手臂。在他指尖的棋子變幻莫測，棋子像耍弄人的生物一樣，自由自在。光一悠然表演著他的手指戲法。

「來來來，各位看官，接下來請各位觀賞的戲碼叫《黑白夢幻愛戀之卷》，來！」

黑棋之外，他又拿一顆白棋，兩顆一起夾在指間，神出鬼沒、自由變化，極爲熟練巧妙。光一泰然地盯著彩華夫人。

「我又不是殺人狂，爲什麼要殺加代子小姐？所有的殺人都要有動機。這位看官。先請您說說我的動機吧？」

「第六感」警部似乎按捺不住內心的亢奮，但仍先悠悠點起一根菸，環視眾人一圈。最後，他面向彩華夫人。

「您和矢代夫人爲什麼離開餐廳？」

彩華夫人脹紅了臉，京子也羞澀得無法回答。

「我去小解。」

彩華夫人只好自己回答。

「我一個人去會怕，就拜託京子夫人跟我一起去。從廁所的窗戶，我突然看到瀑布後面的山上似乎躲著人。那裡有一座涼亭，還有兩盞燈籠，有些地方隱約可見、有些地方一片漆黑，我看到的人影恰恰在交界線上，瞬間就消失在黑暗中。現下這種情況，我心裡更加害怕，便請了我丈夫、矢代先生和巨勢先生過來。剛好長畑刑警也在，就麻煩他調查了。」

「第六感」警部點點頭。

「『讀過頭』刑警馬上就去調查了。」

「是的，他隨即趕過去，但已不見人影。畢竟無法直線前進，得先繞過別館，而且院子裡的路就像迷宮一樣。」

「一個人確實無法處理，難爲他了。」

「第六感」警部對部下的辛勞表示體諒。

「後來，大家馬上就回餐廳了嗎？」

「我順便解了手後回來，一馬和巨勢博士應該也是。」

聽我這麼說，一馬和巨勢博士點點頭。

「三位是一起回餐廳嗎？」

「沒理由一起走，我們是各自回來。」

「彩華夫人，您和矢代夫人一起先回來了嗎？」

「我去廚房看了看，交代女傭一些事。我們也沒想過要一起回來，京子夫人可能先回來了。」

「不過，我們幾乎是同時回來。我也去找坪平太太說話，看了看廚房。雖然沒有什麼特別的理由。」

警部用力點點頭。

「當時，廚房準備了咖啡嗎？」

「準備好了。」

儘管彩華夫人篤定地看著警部，聲音卻不自覺低沉下來。

「我們回來的時候，咖啡杯放在客廳那邊的桌子上。」

「杯子裡都倒了咖啡？」

「是的，都倒好了。糖和牛奶也都在廚房就調好，端到這裡來擺放。」

「第六感」警部派人從餐廳拿來光一和加代子小姐的杯子，仔細端詳。光一的杯緣有一處較大的缺口，另一處較小。加代子小姐的杯子有兩個大缺口，兩處小缺口。

「第六感」警部抬頭看著女傭八重。

「哪一個杯子是土居先生專用的？」

「是，是這個。」

她確實指著缺損較少的杯子。

「其他杯子都沒缺口嗎？」

「是，沒有了。戰時破了幾個，沒有再添購新的。」

警部點點頭，「最近到處都是劣質品，而且價格貴得嚇人。」

接著，他轉向我和一馬，詢問：

「兩位也看到那邊桌上擺的咖啡杯了嗎？」

我們都點點頭。

「除此之外，好像還有兩、三位曾離席。是哪幾位？」

「我離開過。」

神山東洋回答，接著木兵衛也表示曾離席。

「您也看到客廳桌上的咖啡杯嗎？」

「我從廁所回來時咖啡剛好要送進餐廳。桌上可能還留有幾個吧，但我沒有特別注意，不太清楚。」

「我回來時客廳桌上已無咖啡杯，但是我看到海老塚醫生拿著咖啡杯，一邊喝一邊從廚房出來。」

警部的臉上寫滿意外。

「海老塚醫生不在餐廳嗎？」

「我在廚房吃飯。」

他答得相當冰冷，銳利如刀。神山東洋接過話：

「這需要一點說明。剛剛土居畫家跳過了中段，從前奏曲直接奏起尾聲。其實在用餐途中，海老塚醫生便跟聖人解釋並道別了吧，於是他又回到餐廳。這時一馬先生表示，海老塚醫生與客人的調性不合，要他別出席。所以，他就離開餐廳了。」

在那之後，海老塚一直在廚房用餐的事，確實讓我們有些疑惑和不安。其中光一更顯得驚訝。他滿臉莫名其妙，不悅地閉口不言。

「您在廚房的哪裡用餐？」

海老塚聽到這個問題，只表現出反抗的態度，並不打算回答。坪平太太代他答道，廚房因菜色性質的關係，繁忙的地方也根據時間而異，所以海老塚經常得換地方，一會在這裡、一會在那裡，有時坐在椅子上，有時得站著吃。

偵訊結束，警官一行正要離開時，光一為難地開口問：

「警部，我受夠了，能不能讓我回東京？」

「這個嘛，我們當然不能強留，但如果沒有特別要緊的事，您能留下我們辦案會比較方便。」

「是嗎？我是沒什麼特別的事啦。秋天要展覽的作品也畫完了，我並不擔心，可是，總覺得心裡怪不舒服的。總之，從明天開始，吃的東西我都自己做。」

「那可不行。太卑鄙了，你才是想毒死我們的壞蛋。」

彩華夫人大叫，「第六感」警部出聲安撫。

「既然如此，各位看這樣如何？往後我每天讓『靈光現』過來，監視做菜的狀況。」

「是，知道了。只要我還有一口氣，一定不會有問題。」

「靈光現」女士拍了拍胸，顯得很有把握。

「凶手說不定就在這當中，要是被我盯上，有你好看的。」

接著，我又替多門老人和加代子小姐守靈，到了凌晨兩點多才睡。

16 CHAPTER — 第十六章

歌川家的祕密

在警方的要求下，調查了多門老人的遺書。打開保險箱後，很快就找到。不過，遺書並不是一般制式的內容，上面只有多門的署名。日期是昭和二十二年七月二十四日，也就是在他遇害前兩天剛寫好。

遺書內容讓一馬相當意外。

多門先坦白，加代子是珠緒過世後唯一的女兒，將全部遺產留給一馬和加代子，兩人平分。

除此之外還寫道，在分配之前先各給由良婆婆、片倉清次郎二十萬圓。

「片倉清次郎是誰？」

「是畢生侍奉這個家的管家，不過今年春天生了病，正在休養。現下已高齡七十六歲。」

「第六感」警部留下遺言的複本，問了片倉清次郎的住址後離開。他發現遺書可能有助於找到加代子小姐命案的有力動機。

不過，片倉老人在家人陪伴下搭車來到主人家弔唁，不巧跟警部一行錯過。他病到幾乎無法走路。

他在主人遺骸前磕頭，將近十分鐘都沒有抬起。

警部一行知道他的去向後立刻折返，在放置遺體的房間向片倉老人問話，一馬和我也同席。

「您侍奉歌川家多少年了？」

「從我十六歲那年起。我今年七十六歲，是六十年前的事了。當時，歌川家的財產大約時價十萬圓或十二、三萬圓吧，聽來不多，但已算是數一數二的富豪。局勢的變化和現今社會的變動，都讓人驚訝。不過，敗戰之後難免有些變動。」

片倉老人雖然病弱體衰，腦筋仍相當清楚。儘管沒有什麼學歷，但看得出他極有見地。警部不禁肅然起敬。

「加代子小姐的母親自殺，這是事實嗎？」

「沒錯。」

片倉老人閉上眼睛，口中喃喃低吟，彷彿在念佛。「第六感」警部帶著令人意外的體貼，注視著老人說：

「片倉先生，我們調查過警方和公所的古老紀錄，瞭解表面上的來龍去脈。要強逼您這位老人家坦白畢生奉獻誠意和感情的主人家祕密，我實在於心不忍。但現在歌川家接連出現奇異的犯罪，儘管殘忍我也得查出眞相，否則無法揪出眞凶。我知道您很爲難，但我保證絕對不會洩漏出去。身爲掌握公權力的一員，我保證會對歌川家的舊傷口既往不咎，請告訴我眞相吧。」

說完，「第六感」警部看著老人。老人眼中蘊含著平靜的理解，似乎接納了警部的心意。

「在村中老人之間曾謠傳，加代子小姐的母親並非自殺，而是死於他殺。這是事實嗎？」

老人閉上眼睛，好一陣子都沒有回答。

「警部，我也不知道。仔細想想，都要怪我太輕率，才會給歌川家添麻煩。那位上吊的倉庫已拆毀，當時她脖子後面打了個結，掛在倉庫梁上，後來布繩斷了掉下，人已斷氣。那條布繩是梶子夫人的東西，留在當場的木屐，有一隻是梶子夫人的、一隻是她本人的。我看到大吃一驚，馬上藏起梶子夫人的木屐，也卸下她脖子上的繩子，換成其他繩子。我告訴深山的駐警，拆下繩子是爲了進行人工呼吸，順利遮掩過去，以自殺結案。但祕密總有暴露的一天，謠言傳到現在，歸根究柢都要怪我的輕率，其實我九成九相信她是自殺。梶子夫人個性好強，又有些歇斯底里，更重要的是瘦弱無力，根本沒有殺人的臂力。冷靜想想誰都能懂的道理，我卻急昏頭。不巧，擔任老爺祕書、跟我同赴現場的，就是叫神山東洋的惡棍。」

我們萬分驚訝。姑且不管我和警部，一馬受到的驚嚇非同小可。他一臉蒼白，全身僵硬如石。

警部同情地點點頭。

「我明白。那麼，神山東洋勒索歌川家的傳聞，是眞有其事嘍？」

片倉老人沉默一分鐘左右，像是需要休息。

「神山東洋的勒索，跟家裡另一樁祕密有關。這件事可能連少爺也不知道。要是沒有發生這些命案，我打算全都帶進棺材，但這次的騷動實在讓人擔心。我今天過來，除了弔問之外，其實也是想把此事告訴少爺。」

老人又休息一會。

「老爺二十歲的時候，前往東京遊學，跟住宿處的女傭發生關係，生下一個孩子。這孩子後來送給遠房親戚的海老塚家當養子，老爺也和對方斷了關係。但這孩子長大後個性非常惡劣，詐欺、勒索，甚至強盜都幹過，後來死在獄中。此人二十歲時結婚，留下兩個孩子。兩個孩子中的弟弟，就是現下在村中行醫的海老塚晃二，等於是老爺的孫子。他的哥哥玄太郎，三年前留下三個孩子死了。三個孩子中的老大才十一歲，年紀很小，住在距離這個村子十二里的M村，由玄太郎的未亡人務農扶養長大。如今跟歌川家已毫無關係，也沒有送錢給他們。」

「第六感」警部無法接話，一馬依然臉色鐵青。

「老爺將私生子送給海老塚當養子時，由於海老塚是性溫厚的人，信守承諾，從來沒透露孩子是歌川多門的後代。因此，在戶籍上記載為他的親生孩子。這個幹過詐欺、勒索，甚至強盜的人，至死都不知道自己是歌川多門的長子。他留下兩個孩子，玄太郎和晃二。晃二書念得好，老爺以讓他當無醫村醫生的名義，替他出學費，但他也不知道自己是這家的孫子。唯一知道祕密的，就是神山東洋那個惡棍。」

「他把這件事告訴海老塚醫生了嗎？」

片倉老人沒有回答，又停頓許久。

「神山那傢伙，拿這件事去勒索梶子夫人。原本不知道這個祕密的梶子夫人，聽了大吃一驚，來找我確認。但神山威脅要把一切告訴海老塚，打財產分配的官司，藉此勒索。我不曉得想殺過神山這傢伙幾回。早知道眞應該殺了他，這條命丟了也不可惜。現在想想，只有這件事讓我感到遺憾，至今仍心有不甘。」

老人撲簌簌地流下眼淚。

「好鼻師」刑警打破沉默，忍不住進一步追問：

「那麼，梶子夫人遭毒殺並非空穴來風。嗯，看來得從頭連根查起才行。」

「第六感」警部潑了他一盆冷水。

「難道你以爲挖出一年前的白骨，還能找到毒藥嗎？」

接著，「第六感」警部轉向片倉老人。

「片倉先生，最後再請教一件事。除了一馬先生、逝世的珠緒小姐和加代子小姐之外，多門先生有任何在世的孩子嗎？」

「其他沒有人還活著，老爺的子嗣不多。」

17 CHAPTER

第十七章

不連續殺人事件

儘管竭盡所能，還是沒有找到任何確切的證據。

如果將嫌疑放在神山和海老塚身上，幾乎能解決一切謎題。內海命案也是，人在二樓的神山避不開光一的視線，但海老塚可輕易殺害樓下的內海明。

然而，關於千草小姐的命案，兩人都有確切的不在場證明。

神山東洋和少爺一馬一起從火葬場回來後，一直跟女眷們在客廳聊天。這件事所有女眷都異口同聲地證明。

海老塚八點左右從村子過來，在後門遇到我和一馬。離開醫院的時間，雖然受到「第六感」警部的追問，和木兵衛的逼問，最後他都沒有回答，不過根據調查的結果，患者證實他六點到七點二十分之間依序去看了三名患者，沒有多餘的時間犯案。七點二十分到八點之間，從最後一名患者家走過來差不多就是這個時間，再加上他跛腳，比一般人多花點時間也不奇怪。

神山夫人當天都在忙著幫忙準備齋飯，許多證人都證實她們沒離開廚房。那個論語研究家則是去了離此七、八里路的小鎮，當地有人可替他作證。

除了警方，巨勢博士也仔細調查過海老塚和神山，但依然無法顛覆兩人的不在場證明。

「博士啊，這一連串命案的凶手，不是同一人吧？跟歌川家族有關的案件，還有殺害千草小姐和王仁、內海的凶手，應該不一樣吧？雖然時間上是連續的，可是在動機和凶手上都混雜其他案件，其實這是不連續殺人事件吧？」

「沒錯。依據特質或許應當稱爲不連續殺人事件。假如我要記錄下來，流傳後世，約莫會冠上『不連續殺人事件』的標題吧。這正是凶手的目的。換句話說，他的重點在於模糊焦點，讓人弄不清楚哪樁命案才是凶手眞正的意圖。凶手深怕被識破眞正的動機。知道動機，就知道凶手是誰。」

「意思是，所有命案都是同一凶手所爲嗎？」

巨勢博士笑著點點頭。

「當然。光是這麼多各有隱情的人共聚一堂，就絕非偶然，顯然是出於凶手的意志。對方還特地邀我來，讓我有點不高興哪。」

博士笑得有些羞澀，但我知道，他一定掌握了某些線索。

「那凶手眞正的動機是什麼？」

巨勢博士出聲笑了。

「如果知道，我早就逮到凶手。不過，這一連串的犯行可說是相當嚴密的計畫，一切都經過縝密計算。堪稱是日本最知性、規模最大的犯行。這個凶手是天才，完全不耍任何智慧型的瑣碎小把戲，實在令人佩服。比方，在門上綁線製作讓門自動關上的裝置，或僞裝成密室殺人之類，這些把戲本身都會成爲線索，也表達了某種心理。這次的凶手最懼怕碰觸到心理，也相當謹愼。這種可怕的沉默，證明凶手確實是天才型的殺人魔。凶手眞正的動機爲何？哪一樁命案才是凶手眞正的目的？雖然一切會如同凶手的警告，在八月九日結束，但爲達成眞正目的，犯行不見得會在八月九日結束。凶手也可能早就殺了眞正想殺的人。」

「既然如此，凶手又何必在這麼森嚴的戒備下，做出多餘的犯行？」

「畢竟他必須隱藏眞正的動機。不過，八月九日一定會發生些什麼，這會是一個高潮。但我認爲，凶手不是死腦筋的蠢蛋，不會因預告了日期，就一定在八月九日執行。凶手有時會在一天內殺掉兩個人，行事出人意表。有過一次毒殺，大家勢必會有所警戒，所以凶手一口氣執行兩件毒殺。這可能等於告訴我們，不會再採用毒殺的手法，下一樁犯行應該會以我們無法預期的方式進行。這就是凶手的個性，因此我認爲不該太執著於八月九日。」

但巨勢博士也沒有百分之百的確信。

我知道博士拜訪過片倉老人和海老塚的老家，也知道他懷疑一馬。不知爲何，博士面對一馬說：

「但我實在很難想像，歌川先生不知道自己是海老塚醫生的叔父。就算梶子夫人不知道，令尊應該會告訴身爲歌川家繼承人的您才對。這太不合常理了。」

一馬顯得很不高興，我代替一馬回答。

「當時博士不在，所以不清楚。片倉老人說出祕密時我也在一旁，親眼看見一馬的表情，可說是茫然自失，驚愕不已。任何名演員都演不出那種表情，那確實是他眞正的情感流露。那張臉是假不了的，比測謊器還要眞實。」

「是嗎？各位老師都有一套專擅獨斷的所謂文學手法，看來實在不如測謊器正確。歌川先生眞的至今都不知道這件事嗎？神山東洋知道，而一家的繼承人居然不知道，不是很奇怪嗎？要是神山東洋不知道，倒還合理。」

一馬被惹怒了，氣道：

「我眞的不知道！說是繼承人，也只是沒有其他人能繼承才輪到我。何況，父親看得很開，常說『你這一代，看你想怎樣就怎樣，人要是死了，連墳墓都沒有意義』。所以，他不像一般豪門世家的主人，沒什麼家門觀念。他主張『本來無東西』，凝視著世間冰冷孤獨諸相。搞不好，他對文學的見解比我還深刻。對於家中的舊傷痕這種小祕密，他可能根本不覺得是問題。只是不巧發生重大命案，否則原本也不值一提。」

巨勢博士有點難爲情地說：

「話是沒錯，若事情發生在像我這種沒有名聲也沒有財富的家庭裡，或許就如你所說吧。但一想像這個家的財產分配狀況，也難怪會成爲神山東洋勒索的材料。分配到的金額，可不是不值一提的數字。」

「神山東洋如果打官司，而且師出有名，我才不會任憑他勒索，我會把遺產分給海老塚。比起物質，我站在正義那一邊。」

一馬激動地丟出這些話。

不過，巨勢博士似乎連我都懷疑。

「矢代老師啊。」

他來到我的房間，賊笑著凝視我和京子。

「歌川先生雖然那麼說，但姑且不管他。您該不會早就知道，海老塚醫生是這家的孫子吧？既然都成了勒索的材料，梶子夫人身邊的親友、女傭，還有加代子小姐，都有嫌疑。加代子小姐應該知情吧？我覺得加代子小姐很可疑。」

他笑得更開了。

「對了，夫人，身爲加代子小姐的好友，加代子小姐沒跟您提過這些嗎？」問話的手法實在太露骨。這種在人面前揮著短刀、毫無預警地往胸前一刺的手法，讓京子不太愉快。

「巨勢先生，這樣說太過分了。」

「夫人，請別往壞處想。我當然知道這麼問十分失禮，卻不得不問清楚。夫人，您曾是多門老爺的情人，或許多多少少聽過類似的事？」

「不，完全沒聽過。」

京子正色打斷他。

「眞是抱歉。」

博士又難爲情地笑了起來。

「矢代老師，丹後先生還是單身嗎？」

「好像是。」

「那他沒有交往的對象嗎？」

「我也不確定，但似乎沒聽過這類的消息。」

「丹後先生似乎很喜歡珠緒小姐？」

「應該滿喜歡的吧。但那傢伙脾氣古怪，他對什麼事物著迷到什麼程度，我根本不願去猜想。」

「看來，這些大作家性情都難以捉摸，不好相處。」

任何人都列入他的懷疑對象中，我有點厭煩。恐怕我太看得起巨勢博士了。相較之下，那位「第六感」警部行事謹慎不輕率，鎖定我們捉摸不到的意圖，努力往下挖掘，感覺相當可靠。

一天早上，我散步前往三輪山那邊，看到一對年老男女互相攙扶，蹲在路邊。仔細一瞧，一個是由良婆婆，另一個男人我第一次見到，應該就是由良婆婆的丈夫南雲老人。

我上前關切，一臉苦惱的由良婆婆看到我似乎鬆了口氣。

「硬是走了幾步，便落得這個下場。老人家就是這樣，十天前還辦得到的事，今天卻辦不到了。」

「聽說您生了病？」

「是啊，幸好早上精神不錯，加上這老頭今天腰腿比平時有力，儘管覺得勉強，還是想去看看千草喪命的地方，這都是我們老人家的任性。明知勉強，仍硬是外出，除了任性，也是源於老人家的惆悵。剛剛提過，今天辦得到的事，明天、後天可能就辦不到，我們很瞭解這種無常。現在不做，就再也辦不到，再也無法挽回。就算死也無所謂，爲了不留下遺憾，比起四、五歲的孩子不願爲明天忍耐，我們更是片刻不能忍。走著走著就累成這副膜樣，明明今年春天走到溫泉都不覺得疲憊。」

「對了、對了，前幾天我在溫泉旅館聽說，您去買過加爾莫精。」

「加爾莫精？我沒有買那種藥啊。」

由良婆婆正色反駁。

「這位是誰啊？」

蹲在地上的老人問。

「住在別館的客人矢代先生，就是跟京子小姐結婚的那位啊。」

「喔喔，原來是那位。」

老人抓住我伸出的手，站了起來。我本來想揹他走，不過他瘦歸瘦，卻是五尺八寸（約一七二公分）的高大男人。

「那我去拜託喜作爺開車過來吧。」

「不不不，這樣我就能走了。」

他扶著我的肩，邁出腳步。

「諸井小姐很冷酷。以爲她至少願意陪患者散步，沒想到竟對我們說『要是想死在途中就隨便你們』，眞是殘忍無情。如果給小費，她什麼都願意做。給她一大筆錢試試，恐怕她連下毒殺人這種忙都願意幫。」

老人扶著我的肩，氣喘吁吁地從急促的呼吸中擠出話。

「對！沒錯。」

看來，他們確實對諸井琴路沒什麼好感。

「她的品行如何？」我試著問。

「品行？開什麼玩笑。那種人怎會有品行可言。我哥哥（指多門）本來就脾氣古怪，姑且不提他，如果諸井小姐品行好，海老塚醫生早就娶她當正妻。聽說，不管是郵局局長或學校老師，最近只要手頭寬裕一點的人，都跟她好過，數也數不清。她靠這些收入，晚上都抱著厚達一尺多的百圓鈔票睡覺呢。她的心中沒有眞情，只有錢是足以相信的朋友吧，實在是庸俗的人。」

如果沒有在路上遇到神山東洋，我可能會累到不成人形。

神山是身高超過五尺八寸的高大男子，輕輕鬆鬆就揹起南雲老人，跟由良婆婆並肩往前走。

諸井琴路。我不得不認爲，這謎樣的女人在整椿事件中扮演奇妙的要角。

是誰在操縱著她殘忍無情的心？

我馬上著手調查她在七月十八日傍晚，也就是千草小姐遇害當天的不在場證明，但隨即宣告失敗。

那天最後看到千草小姐從後門出去的是諸井護士。而諸井護士從六點到七點都在替多門老人按摩，之後也不曾外出。

18 CHAPTER 第十八章

第七人

八月三日。

最近我白天都會去溫泉旅館去工作。旅館當然很安靜，不過，其實歌川家的別館更安靜。畢竟是堅實的鋼筋水泥，聽不太到其他雜音。

但比起安不安靜，我更厭倦單調。再加上，接連發生命案，帶著互相猜疑的心情與其他人打照面也挺尷尬，於是我決定到溫泉旅館來。

懷著這種心情的不止我一人，最近大家白天都頻頻外出，也有人搭公車到鎮上。丹後去找村裡的棋手下棋，一馬有點神經衰弱，老是感到不耐煩，定不下心，不得不出去走走。足不出戶的僅有光一和神山東洋，兩人連日沉迷於撞球賭局，各自都有三百分左右的水準。巨勢博士偶爾會加入，他的技巧也不相上下。說到玩，巨勢博士幾乎樣樣精通，可謂天生的賭徒性格。這三人昨晚就開始討論，今天從早到傍晚，要花一整天定勝負，根本不管會不會輸掉所有身家，興致勃勃。神山東洋一大早睜開眼睛，甚至先齋戒沐浴了一番。

京子說要去N鎮買東西，順便拜訪舊識，清晨就出發。

九點左右，我正要出發前往溫泉旅館。

「等等，矢代先生。」

彩華夫人叫住我，雙眸閃著光采。

「我今天一定要去泡溫泉，帶我一起去吧。」

「今天是星期日，恐怕人會很多。」

「這種深山地方，才不會因星期日就出現人潮。」

大概眞的是如此。前幾天她也說過想泡溫泉，跟著我一起去。偏偏那天人特別多，我甚至覺得太吵無法工作。澡堂那裡人總是很多，不過礙於男女混浴，彩華夫人不能入浴。鄉下地方和都會的溫泉不同，這種深山的溫泉，來的眞的都是除了溫泉沒有其他樂趣的客人，如果不泡個夠就覺得不划算，幾乎一整天都會待在澡堂裡。

彩華夫人很開心，帶上毛巾和肥皀等東西，跟在我後面。

到山毛櫸森林時，發現身穿浴衣的丹後弓彥揮著拐杖，信步走著。我們追上去，他不懷好意地看著我們兩人和彩華夫人的泡湯用具。

「夫人去泡湯？眞是難得啊。」

「你也要去溫泉？一起走吧。」

「我今天在郵局局長那裡有場棋會。」

「哦，可是，局長家不是這個方向吧？」

「沒錯，雖然喜歡下棋，但我討厭那種聚會。不管是什麼類型的會都很煩人。我一往會場方向走，腳就不自由主地往反方向去。」

「眞是天生彆扭、乖戾、倔強的傢伙哪。那既然腳轉往這個方向，就一起去溫泉旅館吧。」

「這麼一提議，我的腳又要換方向了。」

說著，他從山毛櫸森林中央，轉向沒有道路的森林深處。

「眞是個怪人。」

「最好不要跟那種彆扭的傢伙認眞。你若說白，他就硬要說黑。」

這天溫泉人很少，幾乎都是鄉下地方來的客人，很少三兩成群，多半是一大家子一起到山裡玩。所以就算沒有太多組客人，只要出現一組，立刻就會熱鬧起來。

今天除了我們之外，幾乎沒有其他客人。彩華夫人也不需要人幫忙把風，悠哉地在澡堂泡了三十多分鐘。

接著，她來到我工作的房間，開口道：

「以鄉下地方來說，這房間挺雅緻的。」

「就是啊。只有別館這間特別一點。」

眼前就是溪流，山中釣客客氣地打了聲招呼「打擾了」，從我房間的窗外經過。

「哦，這裡不是面對庭院，而是面對馬路嗎？」

「這種深山裡的庭院，跟馬路也沒什麼區別了。喏，那邊有條路可下到山谷。下去之後有個淤積池，聽說是有名的釣場。瞧瞧，我買了釣竿，工作空檔偶爾會從這扇窗，下到谷底釣魚。」

「釣到過魚嗎？」

「還沒。時機不對，再加上這間旅館賣的釣具都是便宜的劣質品，不可能釣到香魚、溪哥、岩魚之類。」

「釣到魚記得給我看。那我先回去了，再見。」

彩華夫人先走一步。

像彩華夫人這種稀客造訪，離開時也會掀起一股躁動。我靜不下心工作，乾脆去釣魚，但一無所獲。吃過午餐、睡個午覺，再工作一陣子便回家。

八點到八點半左右，四、五個人陸續回來。這是車班的關係，不管是從N鎮來，或前往N鎮，公車都大約在七點左右到。但鄉下地方的時間說不準，通常得抓個三十分鐘左右的誤差。

最近大家的外出頻率增加，很多人都在晚餐途中回來。回到村子大約七點左右，N鎮發車是五點，如果去鎮上大概都得搭五點的末班車回來。七點左右抵達村子，就算是大男人快步走，回到歌川家也得花上一個小時。

這天，從N鎮搭末班車回來的有木兵衛、京子、木曾乃夫人，一馬和丹後則搭從F鎮出發的末班車回來。這裡的公車來回於N鎮和F鎮之間，N村恰恰位於兩地中間。無論去哪裡搭公車都不到兩小時。

F鎮出發的末班車晚了些，一馬和丹後八點半左右回到家，但沒看到宇津木秋子女士的身影。

「秋子小姐沒跟你們一起搭公車？」

我問一馬，他回答沒有。秋子小姐似乎也沒有搭上從N鎮出發的末班車。

「海老塚醫生好像搭了N鎮的末班車，他星期日休診。我在鎮上也看到諸井小姐，你們沒有一起搭末班車嗎？」京子對我說。

「丹後沒去棋會，大老遠跑去F鎮？」我問。

「是啊，都是你們害我不能去溫泉旅館。」

蝴蝶小姐狐疑地說：「那宇津木小姐去哪裡了呢？我們今天在這村裡，向青年會和處女會的人演講、表演。早上是人見的講演，下午是我的化妝表演。我們早上九點左右出門時，宇津木小姐正在房間裡工作。會不會是累了在睡覺？我去看看。」

蝴蝶小姐去探視，但發現房間裡有寫了一半的稿子，卻不見人影。

吃完飯，「第六感」警部晃過來。

「警部，可能又有案件發生了。」神山東洋對他說。

「什麼？別這樣威脅人啊。我看您猜疑心也挺重。」

「我們找不到宇津木秋子小姐。這麼大的人在陌生土地上迷路，可不是什麼好玩的事。況且，這個家裡本來就不平靜。」

「原來如此，她什麼時候失蹤的？」

「早上九點左右，蝴蝶小姐還看見秋子小姐在自己房間工作，這是唯一的線索。我、土居畫家和巨勢博士，一直沉迷在撞球戰局裡。至於其他人，一馬先生和丹後先生去了F鎮，三宅先生、京子夫人、木曾乃去了N鎮。矢代先生呢？」

「我和彩華夫人去了溫泉旅館，大約九點左右離開。」

「其他人幾乎都出門了。我們撞球組在或不在根本沒什麼兩樣。到底她是什麼時候離開，又去了哪裡？」

這時，坪平太太說道：

「九點半還是十點左右，我看見宇津木小姐出門。」

「在哪裡看見的？」

「在這客廳裡。啊，對了、對了，她剛好在廚房喝水。我問『您要出門嗎？』，她回答『對啊，去散散步。接著，她就穿上草鞋從餐廳走出去。」

「那午餐時呢？」

「這麼一提，午餐時沒有看見她。我準備了她的午餐，擔心她一回來會覺得餓，說想吃東西。」

隔天，我們在三輪山後的瀑潭，發現宇津木小姐溺死的屍體。

附記

事件接近尾聲，下回即將迎接結局，終於來到拜見各位本領的時候。如同上上次的附記所提，巨勢博士闡述了對「不連續殺人事件」特質的看法，講解得實在相當仔細透徹。

「靈光現」女士和九州的「鼻師」先生等人，認爲有好幾個凶手，動機各不相同。不管聚集多少人都還是只有這些小聰明，我如果不仁慈一點，根本沒有機會找到正確答案。既然要丟臉，就盡量別丟大臉。我到這個年紀才終於發現，寫推理小說其實很需要慈悲心。害堂堂成人丟臉有失善良，所以我盡量多提供線索，減輕各位受害的程度。

最近還有人想收買我身邊的人。這些人囉哩囉嗦，讓我不堪其擾。他們提議一起瓜分賞金，要人合作一起想答案，或要人去刺探，實在是道德敗壞，運動精神淪喪。

日本小說的編輯對我身邊某人說：「喂，你去偷偷翻筆記，看看凶手是誰。到時我給你一半獎金，我只要有錢買鞋就行。」

居然在下手收買前，連獎金的目的都已決定，眞是悲哀。我不得不鐵了心腸，其實我也不願意這麼做，但仔細想想，文章裡如此誠懇仔細地交代始末，如果還看不懂，終歸不會有什麼好下場，只能說一點也沒有同情的餘地。

坂口安吾

19 CHAPTER

第十九章

不在場證明的較勁

三輪神社前有一條溪流。三輪池水位高時也會流進這條溪，但兩者的水源其實不同。這條溪源自後方山間的泉水，平時水量也很豐富，剛好在三輪神社拐彎過來的谷底形成一處瀑潭，約百坪左右的深淵。四周是陡峭岩壁，陽光極少照射到的深沉水面泛著碧色光澤。看起來平靜無波，其實水中有好幾處漩渦，既不能游泳也無法垂釣。

身穿和服的宇津木小姐就浮在水面上，隨漩渦轉呀轉的。

看來像是從崖上被推落，不過也沒有不是自殺的證據。儘管平地連日放晴，山中早晚還是經常下雨。八月三日傍晚和四日清晨都下了不少雨，現在已不見任何足跡，崖上並未發現任何打鬥的痕跡。

宇津木小姐的屍體在隔天的四日清晨被發現，法醫照例在草林寺解剖，結束時已是傍晚。法醫表示，從胃的消化狀況研判，約莫是進餐後三到三個半小時內死亡。

最近外出的人變多，到餐廳吃飯的時間和人數都很不規則。如果要搭上第一班公車，就算是男人的腳程，也得在七點半離開歌川家，大家吃飯時間都不太一定。

但昨天八月三日，秋子小姐和我、京子、神山夫婦，還有蝴蝶小姐一起吃早餐，記得是七點半左右。神山竟忘記看他最自豪的時鐘，不知道正確時間。因此，可能是在十點半到十一點行凶。

四日用完晚餐，「第六感」警部把我們、海老塚醫生、諸井護士、下枝小姐等聚集在客廳。

「現在連我都想自殺了。我知道每次都這樣，會給各位添麻煩，但還請忍耐一下，多多配合。宇津木小姐到底是自殺還是他殺，目前沒有明確的證據，總之視爲他殺應該比較自然吧。與其直接跳下，自殺者多半會有些人爲措施，比方脫下鞋子、將隨身物品放在地上等等，有時爲了避免裙襬紊亂，還會綁住兩邊下襬，但當然不是絕對。因此，假如宇津木小姐沒有做出任何人爲措施，拿著手提包、穿好鞋子直接跳下，也不能斷定是他殺。然而，至今發生多起原因不明的命案，我們理當視爲他殺命案來調查。」

「第六感」警部打過招呼，益發殷勤地說：

「很抱歉又要跟各位說這句話，在搜查順序上，首先需要請教各位昨天的不在場證明。再次麻煩各位，非常不好意思，但還是要請大家協助。」

這串流暢的台詞就像蔬果店老闆的叫賣台詞，深知如何應付我們。

「要先請教三宅先生，昨天您一直待在N鎮嗎？」

木兵衛點點頭，回答：

「我前一天拜託坪平太太早一點準備早餐，七點半前就出發。我搭上頭一班公車，再搭末班車回來。」

「那天夫人有什麼奇怪的地方嗎？」

「在我看來，那個女人一直都很奇怪。來到歌川家也分住不同房間，換句話說，事實上我們根本處於分居狀態。大家也知道，那傢伙把我當透明人，大大方方跟王仁搞在一起。那種女人不能三天沒有男人，接下來的就讓各位自行想像吧。我沒有確認過想像以外的事實，但她和我已不是實質上的夫妻，就證明她跟其他男人暗通款曲。」

「那麼，您日常與夫人也沒什麼往來？」

「完全沒有，比外人還疏遠，等於是交戰狀態。不是外人，是敵人。」

「這樣啊。宛如是一觸即發的外交關係，我會牢牢記住。恕我冒昧，雙方有維持和平的意志嗎？」

「沒有。跟外交關係不同，這就像是宿命。國家或許是永遠，但人類的生命只有五十年，沒必要跟討厭的傢伙維持和平。可以說，我們等於已離婚。」

「話雖如此，你仍戀戀不捨，眞是優柔寡斷。」

光一毫不客氣地插嘴。

「迷戀這種玩意，最擅長的伎倆就是優柔寡斷。依我看來，你的迷戀不只這樣。除此之外，你還是自以爲是的自戀狂，把老婆當女傭或物品看待的蠢大爺。她好歹是女作家，當然會想反抗。要嫉妒也就罷了，你在人前說自己老婆不能三天沒有男人的肉體，未免太卑鄙。比起宇津木小姐，我更看不起你的性格，下流！卑鄙！」

木兵衛臉色鐵青、怒目相視，卻說不出任何反擊的話。「第六感」警部試著緩和氣氛：

「那麼，三宅先生也不知道那天夫人有什麼計畫嗎？」

「我完全不知道。」

「三宅先生在N鎮有朋友嗎？」

「沒有，只是覺得無聊，隨處走走，逛逛書店。啊，我買了雜誌，但如果對方不記得我長什麼樣子，我就沒有不在場證明了。」

「您搭頭一班公車，這麼早就出發？各位都習慣搭頭一班車去N鎮嗎？」

沒有人回答，於是木曾乃夫人說道：

「昨天我也去了N鎮，但我搭的是第二班車。我們女人得梳妝打扮，走路又比男人慢，多半搭第二班車。昨天我和京子夫人一起出門，在車站還遇到諸井護士。我們在N鎮的大正通下車，跟京子夫人道別後，我去買東西，碰巧又跟京子夫人一起搭上回程的末班車。」

「矢代夫人也去買東西嗎？」

「不，我去找朋友。兩、三年前我住在這裡，當時認識的朋友姓本間，是和服店的老闆娘。我昨天一直在她那裡。」

「第六感」警部點點頭，接著轉向諸井護士。

「我眞的很怕問您話。您跟患者交談，該不會也像回答警官問題一樣冷淡吧？請問，您昨天去哪裡？」

「昨天是星期日休診，我去採購藥品。」

「光是這些事，不至於要忙到末班車吧。能不能盡量說得仔細一點？」

「其他時候就到處亂逛。從這種深山到鎮上去，誰都會想多逛逛。」

「是，您說得沒錯。您說的總是非常正確，冒犯、冒犯。」

「第六感」警部舌燦蓮花地回話，並且逐一詢問每個人在N鎮的不在場證明，最後只剩下京子有明確證據。木曾乃夫人到處去買東西、逛商店，但沒有遇上熟識的人，如果店家不記得，也是無可奈何。

諸井護士搭第二班公車，十二點三十分抵達N鎮，在公車終點站前的藥店買了藥，搭兩點三十分出發的公車回來。公車一抵達，她先到藥店給了訂貨單，接著到鎮上逛逛，在兩點半發車前折返，收下店家理好的藥包後上公車回來。中間的兩小時，她只是在街上閒晃，沒有不在場證明。

最糟糕的是木兵衛。他搭第一班車離開，抵達N鎮是十點三十分，直到末班車發車的五點之前都只是到處亂逛。

「但三宅先生，總共有六個半小時。您總會在某些地方跟人產生互動，讓對方留下些許印象吧？」

「按照一般常識，確實如此。每個人都有不同習性，不能一概而論。來到一塊陌生土地，腦子裡記得的只有相同的道路、房屋、森林、寺廟，至於這些景物在什麼方位？哪條路連接到哪條路，全是散落的印象，腦中沒有統一的全景。我純粹是享受漫步其間的樂趣，未曾跟人交流也是沒辦法。日常生活中不會留意要製造不在場證明，早知道會發生這種案件，我就會好好安排不在場證明。」

「第六感」警部點點頭。

「那麼，三宅先生，第一班公車上有任何您認識的人嗎？」

「不，我在這個村裡沒有熟人。況且，我本來就不太看別人的臉，就算有也不會發現。」

「海老塚醫生沒有跟您一起嗎？」

「沒有。」木兵衛回答。

「第二班公車上有矢代夫人、神山夫人、諸井小姐。那麼，海老塚醫生呢？」

海老塚一副覺得這問題很無聊的表情，不過還是應道：

「我搭第三班。」

「第三班是幾點出發？」

海老塚不吭聲，警部只好拿出公車的發車時刻表。時刻表如下：

F鎮發車	→抵N村	→抵N鎮
7:00	8:40	10:30
9:00	10:40	12:30
11:00	12:40	2:30
1:30	3:10	5:00
5:00	6:40	8:30
N鎮發車	→抵N村	→抵F鎮
7:30	9:20	11:00
9:00	10:50	12:30
10:30	12:20	2:00
2:30	4:20	6:00
5:00	6:20	8:30

「海老塚醫生搭的是十二點四十分出發、下午兩點三十分到N鎮的車，好的、好的。」

「第六感」警部已習慣他的態度，省下與彆扭醫師的對答，接著轉向一馬。

「歌川先生去了F鎮嗎？」

「對，我到距離F鎮一里左右、位於深山的親戚家。我搭首班車出發、坐末班車回來，再加上步行時間，大概是下午十二點半抵達親戚家，三點多離開。」

「原來如此，您與大家相反。但既然搭了首班車，應該是跟三宅先生一起去村裡的公車站吧？」

「去F鎮的首班車晚三十分鐘左右出發，我們並未同行。況且，我們去F鎮時不會到N村，通常都去T部落那一站搭車。兩者距離幾乎一樣，以我的腳程，從家裡不管到哪個站都大約是一小時又十五分鐘，但去T部落多半是下坡路。」

「T部落在哪裡？」

「穿過山毛櫸森林、經過溫泉旅館，再走下一段曲折彎路後，就會抵達T部落的公車站。從這一站到溫泉旅館的路程是半里多，從溫泉旅館到T部落的路程不到一里，加起來將近一里半吧。」

「哦，原來還有這種走法啊。」

「第六感」警部恍然大悟，接著轉向丹後。

「丹後先生本來應該出席局長的棋會，但聽說您的腳不聽使喚，逕自往反方向走。其實，我跟『讀過頭』也參加了局長的棋會，本來很期待跟您過招。所以，丹後先生自然而然步向F鎮，只好在當地隨意晃晃，不曉得您搭了幾點的公車呢？」

丹後似乎認爲這根本不值得一問，抽出一根菸，環顧四周。警部立刻拿出打火機，替他點火。丹後點點頭道謝。

「九點左右，我跟矢代寸兵、彩華夫人在山毛櫸森林分手後，隨意漫步在山路上，不知不覺中走到公車經過的道路。剛好看到公車來了，我便招手攔車上去。給我看看時刻表。這樣啊，我搭的應該是十點五十分，從N村出發往F鎮的班次吧。到了F鎮，我漫無目的地閒晃，瞥見一處魚梁，有地方在賣香魚，於是我吃了香魚午睡片刻後，打道回府。」

「我瞭解了。聽起來比去棋會更健康呢，非常好。那麼，夫人，您一直待在溫泉旅館嗎？」

「不，只待四、五十分鐘，很快就回家。我在澡堂泡了三十分鐘左右。那裡大概是在節約燃料，水挺溫的。但我本來就喜歡溫一點的水，玩得很開心。」

「那裡是什麼泉質？」

「我不清楚。不過，泉水是白濁色的。」

我也每天去泡，卻不知道是什麼泉質。聽說過這裡的泉水對治癒傷口十分有效，但我沒看過病人來此療養。溫泉水有微微的特殊味道，並不強烈。可是，只有在這溫泉附近沒看見肆虐的蚊子，應該含有特殊成分吧。

「第六感」警部最後詢問我昨天的行蹤。我和彩華夫人九點左右離家，大約九點半抵達溫泉旅館。我無心工作，便去釣魚、泡溫泉，還睡了午覺，接著寫些雜文，在傍晚回家，就像我前面提到的一樣。

但旅館的人也很少到我待的別館，所以我也很可能假裝釣魚，實際上是去三輪山殺害秋子小姐。「第六感」警部非等閒之輩，一定也想到這一點。他特別盯著公車時刻表一一確認，想必是在懷疑，其實沒人能證明木兵衛眞的搭了首班公車。就算他搭了首班車，也有可能折返殺害秋子小姐，再回到鎭上，搭五點的公車回來。

目前完全沒有嫌疑的，只有蝴蝶小姐和人見小六。從十點到三點，他們爲青年會和處女會的成員演講、表演。神山和光一，則跟巨勢博士一起賭撞球。

「對了，海老塚醫生。」

「第六感」警部再次盯著海老塚。

「您是搭十二點四十分的公車去N鎭，那麼，能不能說明一下，九點到十二點四十分之間的行動？」

海老塚一如往常，只回一道凌厲的眼神，不打算回答。

「很好，海老塚醫生。到今天爲止，我都十分尊重您的人權，百般忍讓。聽著，海老塚醫生，我之所以忍耐，是尊重您的人權，然而，您的回報卻是對我們的侮蔑。今天我不能再忍，如果您不好好說明，就由我來說，可以嗎？」

海老塚那對充滿憤怒和反抗的炙熱雙眸，翻了個大白眼，明顯表現出輕蔑，別過臉去。

「第六感」警部似乎終於忍無可忍。

「那就由我代爲說明您的行動。昨天九點四十分到五十分左右，您離開歌川家後門。當時，應該撞見了外出散步的宇津木小姐。您繞到歌川家的廚房，要女傭八重叫諸井護士過來。但如同剛剛所述，諸井小姐搭第二班公車去鎮上。聽了之後，您臉色大變，彷彿突然改變心意，交代八重你人在釣殿，要她叫下枝小姐過去。」

海老塚臉色蒼白地搖頭。

「胡說，你這混蛋！」

海老塚大聲吼叫，「第六感」警部面不改色，狠狠緊盯著他，眼睛一眨也不眨。「好鼻師」和「讀過頭」大概早就接到指令，緊靠在海老塚左右兩邊。

「接到八重傳話的下枝小姐，馬上好奇地去了釣殿，發現您掛著聽診器在等候。『我看妳胸不太好，今天就幫妳做個健康診斷吧。』您拉起下枝小姐的手。下枝小姐看到您不尋常的樣子，心生害怕：『不，我沒有生病，而且我還有其他事。』於是，您立刻撲上前壓住她：『乖乖照我的話做！不然我就算用強的也會扒光妳！』您馬上就想接吻。」

「胡說八道！你這沒禮貌的傢伙！」

他殺氣騰騰地大叫，幾乎要跳起來，但兩位刑警從左右按住他的手臂。

「第六感」警部盯著海老塚的目光益發冰冷。

「下枝小姐驚訝地想抵抗、想逃跑。她一甩開你、你就又撲上去，再甩開你、你再撲過去，終於壓制住她。下枝小姐嘶聲慘叫。幸好在池邊散步的由良婆婆聽到叫聲，到釣殿來探看。於是，你的計謀沒有得逞，下枝小姐幸運逃離虎口。如何？下枝小姐也在，如果不夠，還可請由良婆婆過來。接著，你發瘋似地暴怒衝出歌川家，當時應該是十點或十點十分左右吧。好，海老塚醫生，到你搭上公車爲止，這班十二點四十分的公車遲了二十分，下午一點左右才到N村。到一點爲止，您在哪裡、做些什麼？」

海老塚灼熱的目光瞪著「第六感」警部。

「混蛋！神經病！」

他冷不防揮舞雙手，跳起來尖叫，接著轉身離開房間。刑警正要追上前，「第六感」警部伸手制止。

於是，海老塚在走廊上轉過頭。

「你們都會遭天譴！全都會沒命！這群混帳！」

他像大猩猩般揮著手，轉身離去。

「爲什麼不逮捕他？」神山問道。

「爲什麼呢？」

「第六感」警部平靜地回答。

「現在沒有任何證據。」

20 CHAPTER

第二十章

頭號嫌犯

警部結束偵訊後，我正想回房間，一馬和彩華夫人臉色鐵青地過來。他們回到房間，發現鎖著的房裡，桌上竟放著一張紙條。

跟之前一樣，用的都是歌川家的信箋，上面寫著：

八月九日，宿命之日

那天傍晚，爲了把秋子小姐的屍體送到火葬場，大家手忙腳亂了一陣。所有人都來到草林寺，充當解剖室的本堂復原了一半，還是一片雜亂。等和尚念完經，目送載著秋子小姐的車離去，我們回到住處，才有時間吃飯。一馬和彩華夫人有很多事得忙，沒空回自己的房間。上了餐桌接受「第六感」警部偵訊後，終於能回自己房間。

一馬夫婦和我敲敲巨勢博士的房門。

博士在翻找行李箱，聽到我們的轉述卻一點也不驚訝。

「哦，是嗎？」

他更忙於翻找行李箱。接著，他找到某個東西，終於鬆了口氣。一看之下，竟只是一隻襪子。

「那隻襪子怎麼了？難道是什麼證物？」

我吐出挖苦的話，他羞澀地笑了。

「不，我明天要去旅行，想順便到東京見那女孩。她愛乾淨，交代我至少要穿襪子，我總是乖乖聽她的命令。」

他高興地這麼說。

「所以，你打算捲著尾巴跑了嗎？」

「不，我要邁向勝利之路。」

他興致勃勃地解釋。

「說來慚愧，我竟沉迷於撞球賭博，眞是不中用，但凶手是不會逃的。這是什麼？喔，『八月九日，宿命之日』。八月九日之前我會回來，但歌川先生，您夫妻倆得警覺點。用繩子綁緊房門很好，但也請留意食物。還有，白天要小心單獨外出，盡量幾個人一起行動。凡事謹愼爲上，看到任何人都先認定對方是凶手。」

接著，巨勢博士拿出一條新領帶，忍不住笑了起來。

「你到底爲什麼要出外旅行？」我問他。

「我要去找物證？」

「證據難道不在這裡？」

「對，不在這裡。但基於時間和空間的關係，凶手已露出形跡，在心理層面也是。不過，沒有物證，所以我要外出去找證據。」

「這麼說，你知道誰是凶手？」

「是啊、是啊，畢竟很明顯，非得是這個人才行。可是，這只是根據時間和空間的公式所得的結果，不足以成爲呈堂證供。要是沒找到證據，光靠時間和空間的公式，就算送上法庭沒用。搞不好反倒會被對方輕看，輸得一敗塗地。」

巨勢博士抱著頭。

「你要去哪裡？」

「很多地方。我要去遍天涯海角，都到了這個地步，逞一口氣，我連水底也會潛下去。」

說罷，他又害羞地笑了起來。

隔天早上，由於要迎接秋子小姐的遺骨，大家都聚集在餐桌旁。王仁、珠緒小姐、千草小姐、內海、秋子小姐被殺，海老塚沒出席，剩下十二人。扣掉外出旅行的巨勢博士是十一人。

神山東洋對巨勢博士說：

「巨勢先生，聽說您要外出找物證，不曉得能不能讓我們聽聽您的推理？我認爲這次事件的高峰，就是七月二十六日的加代子小姐命案。如果目標是土居畫家，應該是殺人魔所爲，但如果眞的是加代子小姐，犯案動機可說極爲單純明快。」

巨勢博士只是笑，並未回答。

光一插了嘴：

「哦，想殺我的就叫殺人魔嗎？這麼莫名其妙的招牌，我可擔不起。假如殺害加代子小姐是眞正目的，就算單純明快？兇手究竟是誰，你倒是說說啊，這個缺德律師！」

「我不知道，我只是說動機很單純易懂而已。」

「那宇津木女士、王仁還有內海，又該怎麼解釋？」丹後冷笑著問。

「那就另當別論了。」

神山律師善於整理論點，但面對這票文人，大家的思路可沒那麼簡單。

「爲什麼另當別論？」

丹後追問，神山氣定神閒地說：

「這審判就交給偵探吧。七椿命案大致可區分爲兩種。一種是兇手可能在我們當中，也就是王仁、珠緒、多門這三椿，把嗎啡放入砂糖壺毒殺多門先生，理應人人都可能辦到。另外一種是只有特定人選才能辦到，包括千草、內海、加代子、宇津木這四椿，有一部分的人完全不可能是兇手。要不要試著把這些完全不可能是兇手的人一一排除？假如無法卸下嫌疑的人覺得不服氣，大可爲自己辯護，我們所有人都當陪審員來做出判決，怎麼樣？」

沒有人回應，但神山東洋不在乎。

「首先，是千草命案。從火葬場隻身回來的人，都脫不了嫌疑。至於兩、三人一起回來的，當中一馬先生先回家一次，但去草林寺的三十分鐘沒有不在場證明，也很可疑。巨勢先生和人見先生結伴回來，我則跟和尚還有一馬先生同行，到頭來，沒有問題的只有巨勢、人見、和尚與我。最先到的是土居畫家，第二到的是內海先生、一馬先生、三宅先生、丹後先生、矢代先生，這五個人並沒有不在場證明。」

由於沒有人表示意見，神山夫人木曾乃插話：

「但最先到的土居先生，和第二到的內海先生，應該不需要不在場證明吧？步行的時間很合理啊。」

神山點點頭，似乎很同意這個疑問。

「沒錯。內海先生去三輪神社跟千草小姐幽會，但沒看到千草小姐而折返。不過，他可能是去殺千草小姐。千草小姐被一塊大布巾遮住眼睛，在蒙著布巾的狀況下被勒斃，相當不尋常。如果不是熟悉的人，怎會跟對方玩這種蒙眼的胡鬧遊戲？不難想像，凶手正是看準這一點，所以內海先生不能免除嫌疑。這段期間，土居畫家搶先內海先生回來，或許只有土居畫家沒有嫌疑吧。但我認為既然土居畫家落單，一個人行動就有嫌疑。因為我現在對這個村子的地理狀況非常瞭解，從火葬場必須往上爬一段坡，從坡頂走兩、三町路，在人煙罕至之處，恰恰有一條可沿著山谷通往三輪神社的捷徑。嚴格說來，不太像條路，只是樵夫會走的小徑，地上的草被踩踏過，沒長得那麼高。總之，經由這條捷徑到三輪山後，繞三輪山一圈，就能回到歌川家後門。不過，這跟走平常的路回歌川家，也只相差十分到十五分鐘左右。正因有這種捷徑，隻身行動的人都脫不了嫌疑。但土居畫家比內海先生早回來，應該可免除嫌疑。其他人就沒辦法了，每個人都有可能利用捷徑跑回來。不過，這裡又出現一個問題。」

神山一臉得意地繼續道：

「當事人不在場，我本來不想在背地裡多說什麼，但既然已發現問題，也沒辦法。千草小姐六點左右去赴約，這是諸井護士的證詞。除此之外，並沒有人看到六點出發的千草小姐。也就是說，千草小姐究竟在家裡待到幾點？五點左右還有人看到她，可是在這之後的一小時就不清楚了。諸井護士從六點到八點有不在場證明，但假如千草小姐在六點以前已遇害呢？」

在這之前始終意興闌珊的眾人，頓時無法掩飾緊張的情緒。神山東洋鎮定地繼續往下說，似乎一點也不在意浮躁的氣氛。

「就算是鄉下地方村夫野婦的犯行，也不能把眼見的伏筆、僞證照單全收，背後都藏有令人訝異的智慧和事實。」

他先勾起大家的興致，接著馬上又換了個話題。

「好，再來是內海命案。這時，土居畫家剛好瞪大了眼睛，奮力守在能一覽二樓走廊的好位置，所以大家認爲凶手不會在二樓。但我們不能不考慮到，土居畫家喝醉了。接近土居畫家據守的走廊位置，有一馬先生、巨勢先生等人，他們稍一接近就會被大吼一頓，不過像丹後先生距離比較遠，出去上個廁所也不會被土居先生盯上。廁所就在土居畫家所在位置的相反端。」

神山語帶深意，一一打量眾人的臉孔。

「丹後先生對面是人見夫婦，丹後先生的隔壁是我，接著是三宅先生和宇津木小姐，然後對面隔著一間空房，接著是矢代先生。然而，也可能假裝要去上二樓的廁所，其實是走下樓梯。就算沒喝醉，從土居畫家的位置也不可能分辨出來。」

大家又鼓譟起來。不過，這只是他的話術，並非洞察實際眞理後做出的結論，我實在聽不下去。

「聽你這麼說，好像我隨時都能下樓去殺內海？但比起這一點，問題應該在於，我有沒有去廁所，還有光一是否看見我吧？」

「好了、好了，矢代先生，我只是提出一種假設。不巧土居畫家喝醉，不記得當時發生的事，我純粹是考慮到這一點推測目前的各種可能的狀況罷了。」

「所以啊，既然要拿光一喝醉的事出來講，就不能只認爲遠於丹後房間的人有問題，一馬和巨勢博士都可能去上廁所。不能出去的，只有彩華夫人而已吧。」

「一點也沒錯。這是我推理的失誤。確實，我不應該把丹後先生當成界線，一馬先生和巨勢先生當然都會去廁所。可是，從當晚的狀況推測，一馬先生、巨勢先生位於接近土居畫家的位置，一接近就會遭到怒吼痛罵。或許土居畫家喝得醉醺醺，隔天什麼都不記得，但我們待在房裡的人，應該都能從土居畫家的叫聲知道狀況。但如果是走廊上的遠方，土居畫家不至於大叫吧。」

這次所有人似乎都被他這番話說服。神山馬上又換了話題：

「好，接著輪到加代子命案。發生的時間跟多門被殺相同，同樣是毒殺，性質卻不一樣。發生多門命案時，從一點半到三點廚房都沒有人，所以我們都有機會把嗎啡放進砂糖壺。加代子小姐當時在客廳讀書，凶手也可能被加代子小姐看到。但就算被加代子小姐看到也無所謂，因加代子小姐也會同時送命。」

神山擅自排除「加代子其實是光一的替死鬼」這種可能，但光一只是一臉不耐，也沒打算出言反駁。

「加代子命案是很重要的關鍵。這時只有短短幾分鐘能下藥，而有辦法下藥的，有身在廚房的坪平夫妻、木曾乃、八重、海老塚，還有出去小解的彩華夫人、京子夫人、一馬先生、矢代先生、巨勢先生、三宅先生，以及我。除此之外，跟加代子小姐交換咖啡杯的土居畫家最有嫌疑。甚至可說，土居畫家最值得懷疑。」

光一沒理他，一副「隨你高興」的態度。

「問題在於這個有缺口的咖啡杯，經常取用的坪平夫妻、八重、木曾乃或許分得出差異，我們其他人就算知道土居畫家用的杯子有缺口，也不知道實際破損的狀況。更重要的是，歌川家的咖啡杯是被土居素戔嗚尊打破。假如家中增加了新客人，可能跟土居畫家一樣，會分配到破損的咖啡杯；假如凶手不知情，這樁犯行就無法成立。我認為凶手原本就打算殺加代子，土居畫家暗殺失敗這種說法根本不值一提。那麼，既然目標是加代子，最有嫌疑的當然就是跟她交換咖啡杯的土居畫家，不管怎麼說，他都得揹上最大的嫌疑。再來，假如凶手不是土居畫家，從毒藥放在土居畫家的咖啡裡推測，凶手知道加代子小姐用的是破損的咖啡杯，但並不知道如何正確分辨兩個有缺口的杯子。這是一種可能。另一種可能是，缺口較小的杯子，也就是土居畫家的咖啡杯，根據凶手的計畫，當天會分給加代子小姐，但女傭八重不小心依照平時的習慣，發給土居畫家。或者，凶手原本就知道，加代子小姐的咖啡杯會有缺口，但沒時間一一研究到底是哪個咖啡杯，情急之下，看到杯子有缺口就丟了毒藥進去，也可能是這種急中生錯的情況。如同我以上所述，知道加代子小姐來到餐廳用餐時，會用破損咖啡杯的人，必須很清楚這家的廚事細節，而既然計畫殺害加代子小姐，凶手應該本來就很清楚這個家的內情。」

我實在忍不住怒氣，開口反駁：

「你這麼說，不是篤定了凶手的動機跟歌川家遺產問題有關嗎？王仁、內海和宇津木小姐的案子，又該怎麼解釋？假如犯案動機是歌川家的遺產，現在出席的十一人裡，沒幾個人有動機，你的答案不是呼之欲出嗎？」

「沒錯。這幾樁犯行是不是同一個凶手所為，或各自不同，還無法貿然斷定。可能是同一個凶手，也可能是不同人。甚至可能是許多不同的人，各自出於不同的動機行凶，構成這一連串的事件。這個問題我們不妨稍後再談，先來看看宇津木命案吧。」

神山沉著的口氣，彷彿對眞凶是誰瞭然於胸。

「前天八月三日，早餐後到傍晚之間，有完全不在場證明的人，不巧就是我們撞球三人組，土居先生、巨勢先生和我。這三人戰況激烈，捨不得去上廁所。接著，是去參加戲劇講習會的人見夫婦，也具備完全的不在場證明。再來是前往N鎮的人當中，搭乘第二班公車，也就是十點四十分從N村出發的京子夫人、諸井護士、木曾乃。這三人必須在發車前一小時出門，十點四十分到十二點三十分之間都同乘一輛公車，因此，在犯案推測時間的十點半至十一點，可說不在場證明完全成立。接著，一馬先生去F鎮找親戚，這個不在場證明應該也沒有什麼問題。那麼，剩下的五位。」

神山有些不好意思地笑了起來。

「眞是沒想到，難道我也有嫌疑？」

丹後弓彥睜大惺忪的睡眼，看著神山抗議道。

「我從山毛櫸森林信步亂晃到馬路邊，確實搭上了十點五十分的公車啊。」

「恕我冒昧，丹後先生，您的信步亂晃似乎一點時間觀念都沒有。您好像沒有戴手表，根據我的觀察，這十到十五年來，您都過著沒有手表的生活。說不定您以爲是十點五十分，實際上搭的是十二點二十分的公車。其實，我剛好有證據。村裡有人證實，他在十二點二十分的公車上遇到您，再來就如同您所說，您在馬路上舉手攔車。這件事『第六感』警部也知道。那位『第六感』警部在偵訊我們的時候，其實已調查得比我們的答案更深入，他來問話只是想觀察我們的表情，不是個好對付的人。」

丹後沉默著，沒有回答。

「那麼，有可能殺害宇津木的，除了剛剛提到的丹後先生，還有去泡溫泉的矢代先生和彩華夫人，我們不能排除兩人走那條捷徑，以極短時間殺害宇津木小姐的可能性。再來是三宅先生，目前沒有確切證據，可證明三宅先生眞的搭了三日的首班車。就算眞的搭上那班車，也可能從N鎭變裝折回來行凶，再回去鎭上。等到傍晚五點，再若無其事地搭公車回來。最後是海老塚先生，以上五人都不能擺脫在這椿命案中的嫌疑。」

神山賊笑著，從懷中掏出一本筆記。

「算我多事吧，其實我平時就有做紀錄的習慣，這裡再次列舉出剛剛提到的四椿案件嫌犯。

- 千草命案：土居畫家、內海先生、一馬先生、矢代先生、三宅先生、丹後先生。但諸井小姐可能做僞證。
- 內海命案：丹後先生、人見夫婦、神山夫婦、宇津木老師、三宅先生、矢代夫婦。其他住在主屋的人。
- 加代子命案：土居畫家、坪平夫婦、神山夫婦、三宅先生、一馬夫婦、矢代夫婦、巨勢博士、海老塚先生。
- 宇津木命案：丹後先生、彩華夫人、矢代先生、三宅先生、海老塚先生。

綜合以上的論點，整體看來，可能犯下所有案件的就是矢代先生。矢代先生的夫人，在最後的宇津木命案有不在場證明。再來是三宅先生。只有這兩位全都可能涉案。可能涉及三起命案的是海老塚先生、丹後先生。各位不覺得奇怪嗎？七椿命案中，多門、珠緒、加代子命案很明顯有一貫的動機，跟其他四件動機各自不同的命案相比，前三椿應該是主要犯行，可是深入調查上述四椿案件的共通嫌犯，卻沒有浮現任何跟主要動機有關係的人物。」

這番說明給大家留下深刻印象，也讓眾人很感興趣。

「接下來就是關鍵所在。」

神山一派從容地環視所有人。

「這到底代表什麼意義？首先是第一個問題，七椿命案的動機各不相同，是否凶手也都不同？或者，是出自同一名凶手的計畫殺人？假如是前者，依常識來看不太可能。毫無脈絡的殺人，這種情況就算在藝術家的異常世界中也不太可能。文學家多半是犯罪能手。根據推理小說的規則，幹練的偵探和大犯罪家通常是表裡一體，事實上卻不盡然。創造小說的文學家和犯罪能手才是表裏一體，偵探可不一樣。因偵探不是有能力創作的人，而是有能力發現的人。矢代先生提過巨勢博士不會寫小說，但具備偵探的素質，確實很有道理。反過來，這個道理也證明，各位文人多半都具備犯罪者的素質。不過，這道理亦可套用在律師的身上。雖然不能跟各位相比，但律師這一行是一種塑造人際關係的買賣。相較於平凡的我們，各位老師當然更有天分。平凡的我們除了有犯罪能力，同時也有偵探的才能，而各位天才老師則完全不具備偵探的能力，徹徹底底只有犯罪能手的素質。」

神山這傢伙的笑容，總是同時包含著懦弱和嘲弄。

「如果將七椿命案視爲同一凶手的計畫性殺人，接下來的問題就是，凶手爲什麼要製造這些毫無連貫性的案件？其實，這正是凶手的目的，全是爲了隱藏眞正的動機。這些犯行終有一件，或是某幾件是凶手眞正的目的，其他犯罪不過是爲了掩護眞正目的的障眼法。爲什麼需要這種障眼法？只因知道動機，馬上就會發現凶手是誰。」

神山東洋和巨勢博士說出一模一樣的話。

「動機是什麼？」

聽到我的問題，他又帶上一抹含義深遠的笑。

「關於這個動機問題……畢竟天下頂尖的犯罪者齊聚一堂，哪裡輪得到我這種粗人來講解動機？最明顯的動機，不見得是凶手眞正的動機；利害關係最大、最清楚的，不一定是凶手眞正的目的。巨勢博士，您說是嗎？」

巨勢博士沒有回答。這時，丹後開口：

「神山，你舉出四椿命案共通的嫌犯，說只有矢代和三宅可能涉及全部的犯罪，還提到最主要的犯罪，也就是跟歌川家財產相關犯罪的嫌犯並未出現。但可能有共犯啊。就算分開來看毫無關聯，也可能是兩個人，甚至更多人共謀吧？不到半個月，這麼短的時間裡有七個人相繼被殺，而且是在警方嚴密戒備的狀況下。如果沒有共犯，不太可能辦到吧？」

「很有道理。」神山點點頭，「但在現下的歌川家，假如一馬先生夫婦是共犯，以內海命案來說，兩人都有不可能犯案的決定性證據。難道這兩人還有其他共犯嗎？」

這時，一馬有些不悅地說：

「看起來，我確實最有嫌疑。事態發展至此，受到懷疑也是無可奈何。既然我自己坦蕩清白，這些嫌疑、嫌犯等字眼，我當然也都不在意。但讓我覺得不安、擔心的是八月九日這天。到底是什麼人，正在打什麼算盤？倘若八月九日這天，其實是我被殺，結果又會如何？」

他起初憤憤不平氣勢高漲，愈往下說卻愈消頹，面孔也不禁因不安和恐懼而抽搐。

巨勢博士看看時鐘，站了起來。

「時間到了，我得先失陪。八月九日之前我一定會回來，請各位務必保重。剛剛神山先生精彩的推理，我聽得如痴如醉，都忘了時間呢！」

說著，沒來得及好好打招呼，他就慌慌張張離開。

21 CHAPTER 第二十一章

私會、拷問、拘提

用過早餐後，我來到溫泉旅館。旅館老闆怯怯地問：

「聽說昨天又出事了？」

「是啊，您聽說了？」

「昨天警察來過兩次。」

「這樣啊。」

原來第一次上門的是「第六感」警部一行，之後來的男人身高將近六尺，長得像業餘相撲的橫綱（註），應該是神山東洋吧。聽說他從別館窗口下到溪流，還拿表計時。其實，今天早上巨勢博士慌忙離去後，他也緊接著離開，看來應該是去N鎮調查木兵衛的不在場證明了，眞是個多事愛湊熱鬧的傢伙。此人性格卑劣，不能光看外表就掉以輕心。

不知案情的旅館主人看到刑警來調查，似乎懷疑我是兇手，顯得很不自在。眞是的，再這樣下去，連我都要出現奇怪的幻想，搞不好是我癲癇發作還是什麼的，不知不覺中眞的動手殺了人。我實在無心工作。兇手到底是誰？我不由得猜想，最後一個字也沒寫。

神山東洋當天並未回來。到了隔天晚餐時間，他還是沒回來。我們坐上餐桌後，海老塚醫生鐵青著臉瞪大眼睛，突然現身。

他一拐一拐地拖著跛腳，繞過半張餐桌，來到我對面木兵衛所在的位子。

「三宅木兵衛，你這個僞君子！」

海老塚醫生大喝一聲，用力伸出右手，指著木兵衛的側臉。誇張的動作宛如棒球裁判，渾身充滿駭人的氣魄，彷彿手裡有槍。他繼續舉著手，指尖戳著木兵衛的耳下。

「三宅木兵衛，你這個僞君子！」

他再次大喝一聲。

「八月三日星期日，你在N鎮與諸井琴路私會。前幾天你痛罵我的時候是怎麼說的？你戴著正義的面具指責妻子的不忠，自己卻暗中和諸井琴路私通。三宅木兵衛，你這個僞君子，回答我啊！僞君子！三宅木兵衛！」

這時，神山東洋沒經過主屋，從外面直接打開門走進餐廳。他先是一愣，看著眼前這一幕，然後笑了出來。

「僞君子，三宅木兵衛。啊哈哈哈哈，傑作！傑作！傑作！下一句是什麼？海老塚先生，下一句我來教你吧。很遺憾，這根本算不上私通，其實這男人被甩了呢，啊哈哈哈哈。」

見神山東洋旁若無人地插嘴，海老塚一時愣住。等神山說完，他也不管事情始末，總之再次舉起手，狠狠瞪著三宅木兵衛：

「不敢回答嗎？三宅木兵衛，你這個僞君子！」

此刻，玄關罕見地傳來警車的警笛聲，「第六感」警部一行浩浩蕩蕩進屋。

看到警官一行人，海老塚更加亢奮，他定定指著木兵衛，叫道：

註——日本相撲力士的最高位階。

「各位看啊！這個僞君子三宅木兵衛，戴著正義的面具痛罵我、痛罵妻子的不貞，自己卻與諸井琴路私通！」

他氣勢驚人地指著僞君子木兵衛。然而，警官從左右靠近抓住雙手的不是別人，正是海老塚本人。

「幹什麼！喂，這些沒禮貌的傢伙！快看，這個人才是僞君子！他戴著正義的面具！」

「好鼻師」刑警和南川友一郎巡警，分別從左右兩側抓住海老塚的雙臂，個子嬌小的他頓時懸空。

「第六感」警部走上前。

「海老塚醫生，很遺憾，要請您跟我們回局裡一趟。」

海老塚手臂被抓住，只能懸空踢動雙腳。

「你們幹什麼，睡糊塗了嗎？那個三宅木兵衛才是欺騙世人的僞君子。你們這些無禮的傢伙！」

「海老塚醫生啊，警察拿僞君子沒辦法，道德問題屬於釋迦牟尼佛或基督耶穌的管轄範圍。」

「第六感」警部笑著說。

「很抱歉，比起僞君子，我們得先抓到犯下傷害罪的凶手。這裡有個拷問諸井琴路護士，使其全身留下無數燒燙傷和刺傷、陷入瀕死重傷狀態的現行犯，海老塚晃二。首先，我們必須逮捕你。」

兩位刑警帶走海老塚。

「驚擾各位了。」

「第六感」警部正要離開，我忍不住問：

「這到底是怎麼回事？」

「哎，眞是荒唐。今天傍晚醫院診療時間結束後，醫生鎖上醫院的門，將諸井護士赤裸身子綁著，拿火鉗、外科用手術刀、剪刀等道具，進行了驚人的拷問。最後，諸井護士供出僞君子三宅木兵衛的那件事，於是他衝來興師問罪。附近的人聽到慘叫聲，向我們密報。我們趕到海老塚醫院時，眼前所見確實是狂人作爲，令人不忍卒睹的慘狀。諸井護士的肌肉燒焦，全身鮮血淋漓，頭髮也被揪落。畢竟下手的是醫師，幾乎無從救治。幸好『讀過頭』刑警學過看護，有些治療本領，先照部隊的方式爲她做了應急處置，這才保住一命。」

「那過去幾樁案件的凶手也是他吧？」我問警部。

「不，這些不仔細調查，還不能斷定。」

「第六感」警部解釋完後離開。

神山東洋終於坐了下來。

「哎呀，眞是嚇了我一跳。一進餐廳就聽到海老塚大喊『三宅木兵衛，你這個僞君子』，連我也反應不過來。但昨天到今天，我爲了調查這位僞君子三宅木兵衛的事走訪N

鎮，其實諸井琴路護士的話也不正確。八月三日跟諸井護士密會的，是隔壁村的暴發農戶老頭，三宅先生和海老塚醫生分別在不同旅館焦急等待諸井小姐現身，最後兩人都被甩了。連在火鉗拷問下仍說謊供出三宅先生的名字，諸井小姐實在有著令人讚嘆的冷靜與理性。她確實是具備大犯罪家素質的候選人之一。」

木兵衛一句話也沒說，但不知何時起，他對海老塚表現出意外的憎惡。如今想想他和諸井護士的關係，也不難理解。他同樣是優柔寡斷、妒意深濃、滿心猜疑的人。

我問神山東洋。

「聽說，你也去溫泉旅館調查我的行蹤。你打算查遍所有人的不在場證明嗎？」

「是啊，畢竟我骨子裡是個律師，本來就喜歡幹這種事。我也去了F鎮調查，確認一馬先生的不在場證明。丹後先生的沒找到證據，但他應該確實是搭了十二點二十分的公車。在馬路上亂晃、伸手攔車，你當初慵懶地揮手，公車的車掌和司機都記得很清楚。可是，三宅先生，姑且不管你和小姐的事，你沒有搭上首班車吧？」

神山盯著木兵衛，但木兵衛沒理他，完全不打算回答。

「海老塚醫生懷疑諸井小姐和三宅先生的關係。他的懷疑是有根據的，三宅先生並未搭首班車，而是搭十二點四十分、跟海老塚醫生同一班的公車前往N鎮。所以三宅先生七點半前離開家，但十二點四十分之前，都還在村裡某處。」

木兵衛依然沒回答，也不打算開口。他的臉色一絲不改，或者該說已沒有改變的餘地。

他的臉色蒼白、表情歪曲，垂下頭，彷彿沒有聽見別人說話。

丹後挖苦地說：

「神山啊，你眞是可靠，辦案遊戲就這麼好玩嗎？」

神山東洋面不改色。

「啊哈哈哈哈。生活在接二連三發生命案的環境中，如果沒有引發半點解開眞相的偵探心，才叫奇怪。」

那天晚上，我們正要就寢，「好鼻師」刑警和南川友一郎巡警分別守在二樓兩端的樓梯口。從昨天晚上，他們就奉「第六感」警部之命，克盡職守。

一馬對「好鼻師」說：

「眞是辛苦你們了，但我想不要緊了吧。」

「哦，怎麼說？」

「海老塚醫生不是被拘留了嗎？」

「是啊，沒錯。」

「那應該不需要這般嚴密警戒了吧。」

「總之，這是警部的命令，要我們守到八月九日爲止。」

海老塚被捕，一馬似乎鬆了一口氣。

22 CHAPTER ｜ 第二十二章

「八月九日・宿命之日」

到了八月八日晚上，巨勢博士依然沒有回來。這天午夜，正式進入約定的八月九日，「靈光現」女士睜亮了眼睛守在餐廳。

大家都聚在餐廳，「好鼻師」和「讀過頭」刑警依然據守在只有空房的走廊兩端，嚴陣以待。

晚餐時，「第六感」警部也出席。

「八月八日，晚上八點，都是八呢。戰爭中覺得『八』這個數字很吉祥，代表繁榮開展，但我們警察最怕繁榮開展了。這次命案正是如此繁衍不息，實在讓我們慚愧！」

這時，總署來電，「第六感」警部接聽後回座。

「看來，海老塚醫生正在總署的拘留室發表演說。今天晚上，這個家將會迎接一場腥風血雨，一切似乎都是神的旨意。海老塚醫生的魂魄今晚也會回到這個家，說不定已潛藏在某個角落。另外，諸井琴路小姐送到縣立醫院去住院，但病情相當嚴重，可能不太樂觀。警方當然不希望她死亡，會竭盡方法救治。不過，那位小姐似乎具備天下罕見的驚人意志力。儘管意識不清，還是發揮了她的意志力，完全沒有吐出任何迷濛囈語。」

看來事件尚未眞正告終。我望著一馬，他好像再次陷入不安。

今天是多門老爺和加代子小姐的二七之日，明天則是梶子夫人的週年忌日，往年會舉辦盛大的法會，但接連發生命案，又是引發問題的這一天，賓客心裡一定覺得不自在，也容易引起誤會，於是歌川家決定將法會延到明年，今年只請和尚來誦經。

神山轉向「第六感」警部，開口：

「對了，我認為那個護士確實很可能涉案。先是她的眼睛，那對三白眼一瞪，還眞教人害怕。話說回來，八月九日眞的會出什麼事嗎？」

「要是知道，我們就不會這麼擔心。無論如何，我們沒有海老塚先生那種神通和心眼，實在遺憾。聽說神山先生進行相當縝密的調查，在您看來如何？能不能聽聽您的高見？」

「有件事我倒想請教警部，依解剖結果推測的犯案時間，是絕對不可推翻的嗎？」

「通常不會有太大差錯，但也不能說絕對正確。所幸，這次雖然有七件命案，但屍體都發現得早，最晚的宇津木小姐也在死後二十小時內發現，推測出的時間應該很確實。當然，我們不會將其視為絕對不能推翻的數據。」

「千草小姐被蒙眼這件事，有什麼下文嗎？」

「那是拿千草小姐的深藍色大布巾，對折成三角形，從額頭繞至腦袋後方打結。也就是說，三角部分垂落胸前。千草小姐就是在面前有布巾垂落胸口的狀態下，直接被繩子勒斃。」

「這麼說，她和凶手應該交情匪淺。兩人彷彿在玩捉迷藏，先蒙面，再勒斃。這樣的想法十分合理吧？」

「沒錯。看起來，很可能是在千草小姐同意的情況下蒙面遮眼。」

光一不客氣地大聲說：

「意思是，捉迷藏玩著玩著，來了眞正的鬼，把她勒死？」

神山噗哧一笑。

「你該不會以爲花樣年華的小姐，會特地到三輪山玩抓迷藏吧？」

「也不見得啊。好了，不開玩笑。」

光一板起臉。

「千草這個愚笨的醜女和駝子詩人，恐怕也不會幹什麼正經事。他們不可能跟正常情侶一樣，正常地擁抱接吻，更有可能玩抓迷藏。內海先生躲在某個地方時，眞正的鬼來了，將她勒死。怎麼樣？這種幻想是不是很有藝術現實性？如果事事都能照這樣想像編造，殺人也挺值得鑑賞。」

「第六感」警部也笑了。

「佩服、佩服，藝術家的直覺和幻想，有時確實會大展神通，搞不好眞相就藏在這些地方。那麼，且讓我借用各位的藝術神通，在此揭露一個事實。其實第一樁事件，也就是望月王仁先生的命案，我們在床架下發現彩華夫人室內鞋上的一個鈴鐺。根據各位的神通，會如何解釋？」

「還會有什麼可能？警部啊，何必多問，事情不是明擺著嗎！」

光一瞪大雙眼喊道。

彩華夫人陷入恐懼，睜大瞳眸盯著警部。

「自從嫁進這個家，我從未進去過望月先生住的房間。」

「哦，這狐狸精挺有兩下子的。」

光一脫口低喃。

「狡辯的話就到此爲止吧，您眞會嚇人。嫁進歌川家後，從未進去過？別開玩笑了。又不是土耳其或印度的後宮閨房，僅僅兩棟房子，住滿也不過十個人。暴發戶不知天下之大，才會說出這種話。這種小地方在後宮，根本是廚師睡午覺的房間。勤快一點的蚊子，一個晚上就能吸遍每個房間裡的血。別小看人了。」

彩華夫人美麗的雙眼飽含怒氣瞪著光一。

「第六感」警部試圖安撫，點點頭道：

「不，夫人說得沒錯。那鈴鐺確實不是夫人掉落的。床架下有被望月先生上衣擦拭乾淨的痕跡，鈴鐺便是掉在那乾淨的地面上。」

這次輪到神山東洋沉吟：

「這倒是個有趣的謎。換句話說，凶手故意把彩華夫人的鈴鐺放在那裡？」

「沒錯。除了鈴鐺之外，爲什麼要擦拭床下？這些各位的神通能夠看透嗎？」

沒人能回答。「第六感」警部耐心等待，但毫無回應。

「另外，還有一件事，不是要仰賴各位的神通，而是希望各位給點意見。我知道這個問題很失禮，不過現在是非常時刻，我認眞請求各位協助。其實，如同各位所知，在這一連串命案中接連出現幽會情事，就像是一大特徵。目前有證據顯示，宇津木秋子小姐去三輪山，或許也是爲了幽會。假如是爲了幽會，對方是誰？就算不方便當場說，也希望各位能給我們一些提點。」

「那應該是幽會沒錯。畢竟那個人可不會白費力氣，去山中森林散步。這個問題一點也不失禮啊。警部，您清楚看到人性崇高的面貌。宇津木小姐是個擁有高尚淑德，也有深沉愛慾，値得愛與尊敬的女人。殺害這種敢愛敢恨的美女，凶手實在可憎。不過，我認爲她不是被幽會對象所殺。通常過一段時間，她就會移情別戀。儘管覺得她有些固執纏人，但所謂惡女情深，這些都只是表面印象罷了，實際上她並不難纏。」

「啊哈哈哈哈。」神山忍不住笑了出來。

「土居畫家，了不起！您竟如此清楚講述自己的心境。可是男人殺害女人，也不僅僅是惡女情深、固執纏人這些理由啊。有可能男人迷上女人，但女人硬要逃跑。就像您說的，過一段時間後就移情別戀，也是引發殺機的好條件。世間因此被殺的人，反而更多吧。土居先生，您這個人眞是的，怎麼只瞭解自己的心境呢。」

「不，我說的是幽會當事人的心境。我覺得不至於會因此殺人啊。」

「那麼，土居先生也可能就是幽會的當事人嘍？」

神山東洋格格笑了起來。

「但爲什麼要到深山的森林裡幽會？直接到男人的房間不就行了？」

「最近警戒森嚴，到處都有刑警看守，總不能輕易到別人的房間。眞是罪孽深重啊。不過，她眞的是爲了幽會而外出嗎？有什麼確實的依據？」
聽神山這麼問，「第六感」警部罕見地害臊：
「其實，我們從宇津木小姐的手提包裡，找到幾種看似爲了幽會而準備的東西。又或者，像宇津木小姐這種人，一年到頭都會隨身攜帶這些東西？」
「這叫淑女的雅好。以前常說，男人跨過門檻就會有七個敵人。天底下再也沒有比這個更重要的雅好。警部，您除了劣根性之外，實在不瞭解人性。」
「是啊、是啊，眞是慚愧。」
「第六感」警部沒生氣，笑著對光一鞠了個躬。
吃完飯，大家回到客廳。
只見客廳中央柱子上貼著一張紙。
「哦，這是什麼？」
發現這張紙，最先探頭去看的是丹後。
「哎，又出現了。『八月九日，宿命之日』啊，最近頗流行這種海報。」
丹後不以爲意地開了個玩笑，我們卻很驚訝。
一馬臉色大變，瞪著那張紙，愣在當場。這也難怪，海老塚被捕後他放心不少。難道海老塚的魂魄，眞的化爲火球滾進家中，藏身在某處，偷偷貼上這張紙？
我突然發現，「第六感」警部正用灼熱的眼神，一一打量著每個人。

附記

這一期連載之後，該聽聽各位的解答了。

如同我每次的聲明，巨勢博士絕對不會從各位不知道的事實中推斷出兇手。不過，他外出旅行找到的證據，各位並不知道。但這也是博士從各位已知的事實推斷出來，確定兇手的根據，因此，各位與巨勢博士擁有完全相同的知識。

至於答案，可不能光猜兇手的名字，必須要有送上法庭後足以起訴的完整推理才行。推理過程再長也無所謂，但請盡量簡要描述。沒有寫在稿紙上也無所謂。寫在信紙上也不要緊，文字請以楷書清楚書寫，懇請配合。

答案請寄到日本小說社，信封上標明「推理小說解答」。

過去我經常在附記裡大放厥詞、大吹法螺，實在惶恐。作者的目的，是提供各位知性的娛樂，送給各位在這個枯燥乏味的世界中幾天、幾小時開心休養的遊戲，用天真的喜悅撫平嚴肅面孔上的皺紋，這就是我的小小心願。

因此，我絕對不會發表誤答、妙答等錯誤推理，讓各位難堪，請安心作答。

我不喜歡分配獎金，屆時會將獎金致贈給提出最優秀答案的一位。但我也保證，就算沒有任何人猜對兇手，仍會將獎金全額獻給最優秀的答案。

假如眞的有人做出跟巨勢博士完全相同的推理，可說是作者的徹底敗北。比起製造機關，發現機關需要極高的才能，能寫出完整清晰答案的人，絕對是日本頂尖的名偵探。既然我誇成這個樣子，想必各位也很清楚，根本不會有這種天才吧。

作者的表演到此結束，接下來輪到各位上場，還請靜心欣賞。

截稿日爲昭和二十三年四月十五日。

坂口安吾

23 CHAPTER

第二十三章

最後的悲劇

這天晚上，警方戒備非常森嚴。

爬上別館的樓梯，我的房前有「讀過頭」刑警、一馬彩華夫婦的房前是「好鼻師」守著，從走廊兩端盯著各房間的門。

「第六感」警部和南川巡警還在樓下準備緊急用梯，觀察著院子的狀況。

「靈光現」女士四處游擊。她在樓上走廊來來去去，每當我們有人去廁所，她會悉心接送，女傭送來解酒的水，她也會率先試毒。

這時，「好鼻師」默默從旁拿走杯子，生氣地說：

「給我。」

「你幹什麼！」

「我來試毒。」

他含一大口水在嘴中。

「咦……」

「靈光現」小姐嚇了一跳，重新端詳著「好鼻師」，漸漸生出感激之意。

「沒想到你對我這麼好，這麼替我著想，眞是令人高興。如果你眞的有心，我就委屈嫁給你吧。」

「好鼻師」沒好氣地看她一眼。

「笨蛋，我可是有老婆的人。」

「怎樣？有老婆又如何？我也可以當你老婆啊，但我不要當小妾。有兩個正妻不好嗎？你的一半就由我來好好疼愛吧，如果是全部，你一定會得意忘形。」

「哪有這回事。」

「你這個笨蛋，戀愛這種事，一半才叫剛剛好。所以，我只疼愛一半的『好鼻師』。」

「喔，這樣啊……」

「你很高興吧。喂，過來一下。」

「靈光現」在「好鼻師」臉頰上啾了一下，「好鼻師」頓時渾身發軟。「靈光現」見狀，完全被喜悅沖昏了頭。

「今天真是個美好的夜晚。不如這個秋天，在東京來場河豚料理的婚禮吧。你有存款嗎？」

「妳可不要讓我丟臉。」

「好好好，不過是河豚，我請你吃行了吧。」

真是一樁奇怪的風流韻事，任何鬼怪或殺人魔，在這種時候大概都會害羞到不敢出來吧。但這想法實在太天真，清晨四點左右，發生韻事的這道門對面，發出慘烈的叫聲。是一馬和彩華夫人的房間。

先是激烈的打鬥聲，再來是無力倒地的聲響，最後安靜無聲。

警方推了推門，但門是鎖上的。

入。

「喂，你們兩個留在這裡不要動！」

「好鼻師」衝下樓，架好事先準備的梯子，跟「第六感」警部一起從外面敲破窗戶進

屋內沒有點燈，兩人用準備好的手電筒照亮四周。

有人倒在地板上。敞著胸口的彩華夫人仰躺著倒下，一馬趴在她身上。

「不要弄亂現場。找開關，先開燈。」

「好鼻師」在「第六感」警部命令之下開了燈。

抱起一馬，顯然他歷經痛苦掙扎後斷了氣。桌上的杯子裡有他喝剩的水，裡面漂散著白色粉末，看起來像氰酸鉀。

彩華夫人的嘴裡也流著血。警方先把一馬移到旁邊，抱起彩華夫人，夫人睜開眼。

「您怎麼了？」

夫人沒有回答。她茫然睜著眼，彷彿突然恢復意識，露出悲痛的神色，企圖要搖頭。兩個警察齊力將她抱起，發現她口中流出的血，頓時湧出一股絕望的顫慄。幸好彩華夫人漱了口後細看，發現只是咬到舌頭，並無大礙。

彩華夫人終於清醒，她合攏前襟，發現一旁一馬的屍體，又發出絕望的叫聲。

「請回想一下，到底發生什麼事。」

「第六感」警部盯著夫人，等她回答。但夫人好一陣子只是回望著同樣銳利的視線。

「您什麼時候來的？」

「剛剛進來的。我們聽到屋裡的動靜，從外面爬梯子敲破窗戶，打開窗戶的鎖跳進來的。到底怎麼了？」

彩華夫人抱起一馬的屍體放在膝上，眼看他沒有反應，她祈求般仰望兩人。「第六感」警部搖搖頭。夫人拉回空虛的日光，將一馬的屍體從膝上移下，扶著床架站起，站著思考了半晌，沿途扶著床、桌子、椅子，走到窗邊。破掉的窗戶吹進涼風，她的心情終於鎮定下來。

天即將破曉，彩華夫人回頭坐在床上。

「剛剛電燈亮著嗎？」

「不，是我們進屋後開的燈。」

彩華夫人點點頭。

「外子一直到很晚都醒著。不管我什麼時候睜開眼睛，燈都亮著，他仍面對桌子工作。後來我不經意睜開眼睛，發現周圍一片黑暗。有人按著我的頭，我嚇一跳正要起身，聽到外子的聲音說『是我』，才鬆開手，但當時那股力量，還沒有大到讓我感到他的殺意。我一頭霧水，訝異地撐起上半身。外子溫柔地摟著我說：『我要去死，妳跟我一起死吧，沒希望了。』」

「第六感」警部點點頭，要她繼續往下說。

「我很驚訝，問他到底是什麼事沒希望了。他沒回答，只發出嗚嗚呻吟。然後，他先是突然用力緊抱我，接著勒住我的脖子。我下意識反抗，跌倒在地，之後我就不記得了。」

「第六感」警部點點頭。

「請再仔細想想，您丈夫還有沒有說些什麼？」

彩華夫人想了想，終究還是搖頭。

「好的。他對您說『請跟我一起死，沒希望了』。看來，應該是指警方展開搜查，躲不掉了吧。」

「不，不是。」

彩華夫人篤定地回答。

「他並未這麼說，只說『沒希望了』而已。昨天晚上外子進到寢室後，憔悴到極點。他相當煩躁，坐立不安，像是被人威脅。我知道這是看到貼在玄關柱子上那張恐嚇海報的緣故。外子深信海老塚醫生就是凶手，他被捕後外子感到十分安心。看到那張海報，他受到非常大的驚嚇。不安和恐懼導致他連發現我先入睡都很緊張，我從睡夢中醒來，還瞥見他面對桌子陷入沉思。」

「第六感」警部頷首，表示瞭解。接著，他開始檢查一馬的屍體。一馬的臉上和手上都有彩華夫人反抗抓傷的痕跡，他的睡衣也被扯開，胸前的鈕扣脫落。

「眞是危險。」

調查結束後，「第六感」警部說。

「幸好您昏了過去，要是繼續抵抗，可能就再也醒不過來。您丈夫應該是以爲您死了才自殺。」

「爲什麼？」

「很遺憾，這一連串慘劇的凶手都是他。我們早就知道這個事實了，只是一直找不到物證，無法逮捕他。」

「不可能。」

彩華夫人大叫。

「我很清楚。昨天晚上我們去餐廳時，柱子上還沒有那張紙。當時，我的視線不經意地掃過柱子，還有印象，不會有錯。我們是一起進餐廳的，直到用完餐他都沒有離開座位半步。」

「您說得沒錯。」

「第六感」警部點點頭，表情爲難又尷尬。

「其實，那張紙是我們貼的。『八月九日，宿命之日』，也就是對凶手而言的宿命之日。眞正的凶手應該會懂這番挖苦。」

「第六感」警部不顧呆然的彩華夫人，神色有些得意。他命令「好鼻師」打開門。

總署的鑑識小組十點半左右驅車趕到。十一點多，巨勢博士回來了。

歌川家終於滅亡。這個意外的結果讓我整個人愣在客廳，巨勢博士從餐廳出入口衝進來。

「我在路上被警方的車超過，之後拚命在後面追，最近眞是運動不足。」

他上氣不接下氣地說，「第六感」警部一行從二樓下來。

「哦，巨勢先生，您回來了。但您晚了一步，您不在的期間，悲劇已落幕。」

「落幕？歌川先生被殺了？」

「不，歌川一馬是自殺的。」

巨勢博士臉色大變，浮現近乎虛脫的痛苦和失望。

「什麼！太晚了，我這個笨蛋！我不眠不休地努力，卻犯下這等大錯！」

看到他絕望的後悔和痛苦，「第六感」警部笑了出來。

「您好像很忙。不眠不休嗎？眞是辛苦了。我們昨天也整夜沒睡，不過一切總算是塵埃落定。」

巨勢博士全身充滿驚人的怒氣。

「畜生，我再也不會放過你！啊啊，太晚了！這也無可奈何。現下說這些實在慚愧，但我要剝下你這張人皮面具！」

「要剝下誰的人皮面具？」

「凶手。」

「歌川一馬自殺了啊。」

「第六感」警部說得輕鬆，巨勢博士卻不理會。

「歌川先生是因毒藥而死的吧。」

「是啊，死於氰酸鉀。」

「有遺書嗎？」

「沒有，但他似乎一整晚寫了又刪、刪了又寫。刪除的痕跡判讀不出來，說不定是打算寫遺書。現下正在請鑑識小組檢查。」

巨勢博士點點頭。

「他應該會備妥遺書。我早就知道會發生這樁殺人案，也知道會以自殺的形式呈現，一切都做好了準備。在第一樁命案，望月王仁被殺時，就準備好要僞裝成歌川先生自殺的形式來殺他。」

巨勢博士毅然斷言，連「第六感」警部也愕然不知如何回應。

「總之，請到隔壁房間來。讓我爲各位說明這可恨殺人魔的手法吧。」

巨勢博士催促著「第六感」警部和刑警一行。警方人員不情願地尾隨巨勢博士離開。

24 CHAPTER 第二十四章

凶手現身？

午餐時，巨勢博士和警官們沒有出現在餐廳。午餐快結束時，「靈光現」女士才出現，命令眾人不得離開。撤下餐具後，連南雲老人夫婦、下枝小姐、坪平夫婦等相關人員也都魚貫進入餐廳就座。警官和巨勢博士等人接續在後，身穿制服或便服的十幾個人沿著牆壁形成包圍態勢。巨勢博士坐在桌子正面的位子上。

巨勢博士的面容有著沉痛的覺悟，他平靜地開口：

「凶手是相當好風雅的茶人，我原本暗自期待，最後一樁犯行他會延到我回來再下手。這畢竟不像千草、內海命案時，有不得不緊急下手的原因。最後一次的收尾，早在第一樁王仁命案時已完成布局，隨時都能動手。現在說這些也沒有意義了。我過度倚賴凶手的自信，但『八月九日，宿命之日』那張海報出現時，凶手認為是好機會，決定盛大地畫下華麗的句點。」

神山東洋率先出聲：

「我們這些被禁足家中的人，從剛剛開始就聽了不少風言風語，正在頭痛呢。一馬先生到底是自殺還是他殺？先說清楚吧。」

「當然是他殺。」

「哈哈，這就奇怪了。那凶手呢？」

巨勢博士沒有回答，注視神山東洋片刻。

「神山先生，前幾天您憑藉正確的觀察，推論出凶手、各人涉案的可能性，關於第四樁內海遇害的狀況，能不能再為我們解釋一下？」

「是嗎？您是指，那天晚上土居畫家在彩華夫人門前大吵大鬧後，每個人涉案的可能性嗎？」

「不，在這之前，我們用餐結束來到客廳。大約九點多，由良婆婆和諸井護士一起出現，表示找不到千草小姐。這時，諸井護士說出令人意外的話，告訴大家千草小姐去幽會。至於為什麼她會知道，是因千草小姐給她看了男人邀約幽會的紙條。那張紙條是彩華夫人受男人之託，交給千草小姐的，她還看了紙條上寫的男人名字。大家問到那男人是誰，她回答不能透露，接著……」

巨勢博士說到這裡，示意神山繼續。

「沒錯，我的筆記應該記錄得很正確。」

神山翻看著筆記。

「接著，先是海老塚先生突然大叫『混蛋』後離開，再來就是土居畫家和彩華夫人展開淒慘的打鬥。」

「這場打鬥的原因呢？」

「原因不清楚，所以我的筆記上也沒有寫，反正就是一些無謂的爭執吧。」

巨勢博士點點頭。

「這一點至關重要。連你的筆記都沒有記載，這麼不清楚的理由，這麼無謂的爭執，引發了一場騷動。事情起於海老塚先生大叫『混蛋』後離開，土居畫家格格笑了起來，說這個家像色情瘋子的巢穴，簡直是淫窟。彩華夫人氣憤不已，對他說『混蛋！滾回東京』，接著便展開一場格鬥……」

博士再次望向神山。神山點頭，接過話：

「沒錯，確實如此。土居畫家大概脾氣來了。他平常就有發酒瘋的習慣，這時突然衝向彩華夫人把她摔出去，彩華夫人的衣服也被撕得破爛。好不容易分開他們，兩人又互相叫罵。不一會，土居畫家開始追逐彩華夫人。從餐廳追到院子暗處，我們當然跟在後面，壓制正把彩華夫人按在松樹上毆打的土居畫家，將他們分開。本來以爲告一段落，彩華夫人竟三度拔腿奔跑，幸好這次她逃回寢室，順利鎖上門。接著，只要有人想接近，土居先生就會揪住對方，一直鬧到十二點半，他都在彩華夫人寢室前大呼小叫。在這段時間，內海被殺，包括不斷喊叫的土居畫家在內，所有住在二樓的人都有不在場證明，大家無法避開土居畫家的目光下樓。但土居畫家喝得爛醉，完全不記得這些經過，或許有人眞能下樓殺害內海先生。這部分十分微妙。」

「確實不可能犯案的有誰？」

「就是彩華夫人和土居畫家。」

巨勢博士點了頭後，環視眾人，眼中充滿激動的氣魄。

「各位，這樁命案恐怕早在十個月前就已策畫好。凶手之一可能事先變裝到此地旅行，充分調查過前往三輪山的捷徑，再擬出極爲縝密的計畫。聽說，凶手今年春天曾短暫蓄鬍，那段期間可能是到這裡旅行、瞭解附近的地理狀況。儘管經過如此周密的計畫，卻仍因預期外的狀況，不得不進行計畫之外的殺人，千草、內海即屬此類。行事周到的凶手設想到這些預期外的緊急狀況，擬好因應方策，所以千草命案不難處理。但之後發現意外的失誤，無論如何都得在當晚殺了內海先生才行。他們想必料想到會有這種狀況，商量過怎麼處理。於是，他們按照預定計畫，以相當巧妙的方法實行。然而，紙上談兵往往會出紕漏，凶手不得不留下無可動搖的『心理足跡』。不過，不愧是天才型的凶手擬定的計畫，恐怕邀集全日本一等一的心理專家、像各位這樣的高手，也不會發現到這些足跡。其實，我也是到後來才終於發現這些足跡。」

巨勢博士遺憾地嘆道。

「這心理上的足跡，或許是凶手在這一連串命案中留下的唯一足跡。殺害內海，是凶手危急存亡之際，決勝關鍵的唯一要害。那麼，凶手唯一留下的足跡到底是什麼？容我依照犯案順序，逐一說明。首先，我先公布凶手的名字。」

面對眾人的緊張不安，巨勢博士顯得若無其事、無比鎮定，大家也漸漸冷靜下來。巨勢博士面對神山，說道：

「我剛剛也問過，最不可能殺害內海的是誰？」

「彩華夫人、土居畫家。」

巨勢博士點點頭。

「沒錯，土居畫家是最不可能的，因為他一直在同一個位置喊叫，而從那個位置也可看到各位的房門，是監看大家出入的絕佳地點。任何人從門裡探出頭，土居先生一定會大叫著撲上前。為什麼？他必須藉此把大家關在房裡，方便共犯去殺害內海先生。換句話說，土居畫家不僅製造了自己的不在場證明，更重要的是發揮監視的功能。在土居畫家巧妙的監視掩護下，彩華夫人偷偷下樓刺殺內海先生，而後回房。多虧土居畫家的掩護，彩華夫人得以鎮定地清洗短刀和沾到血跡的手腳，從容回房。隔天早上，她主動表示要去叫內海先生起床，發現他陳屍在寢室內。其實，這是為了預防自己留下指紋，才有此一著。發現內海被殺之前，彩華夫人有充分的時間將沾染血跡的衣服藏在別館房間以外的某處，她也可能只穿著襯褲去殺害內海先生，又或者一絲不掛。畢竟是必須孤注一擲的危急存亡之際，兩人得賭上全副智慧及冒險精神。」

光一輕蔑地笑了。

「大偵探啊，這哪是什麼無可動搖的『心理足跡』。偵探大人，事關八條人命，不是表演鬧劇或相聲段子，豈能隨便憑空猜測？有什麼具體的證據嗎？」

巨勢博士面不改色，靜靜點頭。

「我會依照順序說明何謂『無可動搖的足跡』。首先，恐怕土居先生和彩華夫人，在知道歌川一馬與彩華夫人重逢後深深愛上她，及歌川家是當代少有的富豪時，就計畫離婚，讓彩華夫人和一馬先生在一起。也就是說，早在一馬和彩華夫人結婚之前，他們已擬定這些殺人計畫。土居先生故意跟彩華夫人爭吵分手，死纏爛打要求分手費，製造兩人不睦的印象，可說是執行這個計畫最不可或缺的道具之一。」

「荒唐！難道在大偵探的眼中，連關係不好也會成爲共犯的證據？不能提出更確實的證據嗎？」

巨勢博士神色自若，併未搭埋光一。

「去年秋天，彩華夫人跟一馬先生結婚後，便竭盡全力調查歌川家內情，向土居先生報告。梶子夫人橫死的傳聞、加代子小姐母親的不明死因、珠緒小姐曾經懷孕等等，她全都跟土居先生報告過。資料齊備後，土居先生變裝到當地旅行，縝密調查地理狀況，預先做好準備。彩華夫人巧妙煽動珠緒小姐，讓她先邀請望月王仁、丹後弓彥、內海明。三人應邀前來，於是彩華夫人接著將寫有『是誰殺了梶子夫人』等內容的恐嚇信寄給一馬先生，再邀請三宅先生、矢代先生夫婦來作客。此時，依照原定計畫，邀請一些不速之客，包括土居先生、神山夫婦，還有我，四人接獲指名來參加。神山先生這個不受歡迎的角色，和土居先生這個同樣不受歡迎的人同時出現，讓出現不速之客的意外狀況顯得自然，再加上我這個業餘偵探受到指名，更加深了犯罪的氣息。其實，當中潛藏著機關，目的在於讓土居先生這種不合時宜的客人，不至於顯得太不自然。不僅如此，過去我完全不認識土居先生和彩華夫人，彩華夫人可能是在歌川家茶餘飯後的聊天中知道了我這個人。加入一個陌生的業餘偵探，也是兩人的巧妙布局。於是，他們設想的人員全部到齊，當天便依照計畫執行第一樁犯罪。」

從我的座位看不太清楚彩華夫人的表情，但此時隱約瞥見的夫人宛如女孩般天真無邪，像是認真聆聽著什麼嚴肅的話題。除此之外，看不出任何意義。

25

CHAPTER

第二十五章

致命的錯誤

巨勢博士繼續往下說：

「我們不能忘記，土居先生之所以選擇在到達當日著手犯案，是仗著身爲唯一首次來到歌川家的客人，條件對他最有利。不僅如此，只有土居先生因彩華夫人極度討厭他，拒絕跟他住在同一樓層，分配到樓下的和室。這也是經過縝密計畫的一項要件。在第一樁望月王仁命案，採用先下安眠藥再刺殺的方法。考慮到王仁先生是力大無窮的壯漢，女性關係又很複雜，爲了避免出現狀況，必須讓他先入睡。可是，如果只下安眠藥會讓彩華夫人招致懷疑，大概是基於這些理由才採用如此費事的方法。好，來到將安眠藥加入老鸛草的步驟時，發生一個失誤。這個失誤成爲致命傷，不得不殺掉千草，進而除去內海，這兩位因此陷入困窘的處境。」

光一還是一副事不關己的樣子。

「煎煮老鸛草時，廚房裡正在做蕎麥麵，除了坪平夫婦，來參觀的宇津木秋子小姐，還有千草小姐和彩華夫人都在。只有彩華夫人距離其他人稍遠，在準備肉派，這個位置距離煎煮老鸛草的爐口很近，跟其他人剛好位於廚房的相反端。根據原本擬好的計畫，土居畫家掛著長約一間的日本錦蛇走過餐廳窗下熱鬧登場，說是制服一隻呑了雞的大蛇，想剖開蛇腹當晚餐的加菜。如同預計，所有人都從窗口探出頭，喜歡蛇的坪平先生甚至還從窗戶跳下去幫忙，給了彩華夫人放入安眠藥的好機會。不料，出現了千草小姐這個礙事的角色，她對土居畫家的精彩表演不屑一顧，導致計畫出現嚴重的瑕疵。情急之下，兩人不得不接連殺害千草和內海。」

「千草小姐看到她放入安眠藥嗎？」

神山東洋冷靜地問道。

「千草小姐沒有目擊到現場。由於珠緒小姐將煎煮的藥換裝到細頸瓶中放冷，千草小姐以為她是凶手。其實，安眠藥並不是放進細頸瓶中，早在之前就放進煎煮的茶壺中。後來，珠緒小姐被殺，千草小姐才終於發現眞凶。千草小姐對於土居畫家那段蛇的把戲一點也不感興趣，一直站在彩華夫人對面的位置，所以她知道接近藥的人，除了珠緒小姐以外，只有彩華夫人。當我告知大家珠緒小姐被絞殺時，一心以為珠緒小姐是凶手的千草小姐大吃一驚，開始覺得不對勁，嚷嚷『那到底是誰？』，陷入沉思。於是，演變成非得殺害千草小姐不可。」

巨勢博士說得極為理所當然。

「千草命案待會將依序講到，話題先轉回王仁命案。當天晚上凌晨一點左右，宇津木小姐到王仁先生寢室時，門是鎖上的。而宇津木小姐碰巧從王仁先生手中接過鑰匙保管，放在自己房間。當然，其實土居畫家就在王仁先生的寢室裡。彩華夫人可能是依照計畫，將偷來的備份鑰匙放在土居畫家的房間，讓他取得鑰匙從房內上鎖。正要下手時，宇津木小姐來了，他慌忙躲到床架下。宇津木小姐折返，再次回來時，土居畫家已一刀刺向王仁先生的心臟。他擦去短刀上的指紋，再以王仁先生的上衣將床架下擦乾淨。可能是擔心留在塵埃上的痕跡會讓人推斷出身高，擦拭乾淨後又刻意放上一個彩華夫人室內鞋上的鈴鐺。這正是這凶手罕見的狡猾手段。從留在這裡的鈴鐺，就可窺知凶手已準備殺害歌川一馬先生，並僞裝成自殺。」

冷靜的巨勢博士在此首次表露出些許感動。儘管意義有所不同，但他的感動與鑑賞藝術的人的感動很相似。

「如同各位所知，當天晚上彩華夫人和一馬先生睡在同一個房間，而且一馬先生直到凌晨三點左右都坐在書桌前工作。這段期間，愛妻都在一馬先生眼前熟睡，也就是說，當天晚上唯一有不在場證明的就是彩華夫人。不過，夫婦之間的不在場證明，警方或許會有所懷疑，從這一點來看，這個不在場證明不見得成立。重要的是，全天下只有一馬先生，對彩華夫人明顯的不在場證明深信不疑。另一方面，王仁先生房間裡留有彩華夫人的鈴鐺，還放在被擦拭乾淨的地方。換句話說，這鈴鐺並非很久以前就存在，而是凶手刻意放置。有人企圖嫁禍給彩華夫人，但彩華夫人絕對不可能是凶手。對一馬先生來說，這是無庸置疑的事實。就算一馬先生懷疑任何人可能是凶手，也絕對不會懷疑到彩華夫人身上。在第一次犯行中，巧妙地設定了這種絕對的信賴，正是爲了最後一場戲做的準備，爲了讓一馬先生看起來是自殺的序曲。一馬先生儘管懷疑過許多人，直到最後都深信彩華夫人，毫不懷疑地喝乾彩華夫人給的飲料。他約莫是相信彩華夫人給的氰酸鉀是安眠藥而喝下。至此，依照預定計畫，凶手毒殺了一馬先生。」

「你爲什麼不提醒一馬先生呢？」

神山東洋問，巨勢博士面色凝重地說：

「我是全天下最愚蠢的笨蛋。我猜想，就算我提出勸告，一馬先生大概也不會懷疑深愛的彩華夫人。更重要的是，我高估了凶手。原本算準凶手在我回來之前不會下手，但凶手昨天晚上看到『八月九日，宿命之日』那張海報，可能以爲是我的主意，誤會我回來了。其實，那是平野警部貼的。我並不是在抱怨，平野警部沒有做錯什麼，一切都是我的失策。」

巨勢博士沉默地低下頭好一陣子。

26

CHAPTER

第二十六章

生死存亡的殊死決鬥

巨勢博士抬起頭，繼續往下說。

「接下來是第二樁珠緒命案，相當簡單。喝醉的珠緒小姐這天醉得特別厲害，痛苦地吐了一陣後熟睡。珠緒小姐的寢室原本就位置極佳，幾乎像歡迎別人進來殺她一樣，要下手很簡單。土居畫家偷偷潛入，拿房間裡的熨斗電線勒死她，然後關掉電燈離開。至於爲什麼有散落的嗎啡粉末，可能是看到海老塚和諸井護士這些個性獨特的人物，爲了擴大嫌犯的範圍，故意惡作劇留下線索。但他眞正的意圖我也無法推測。到此爲止，都不難推論。可是，當我們發現珠緒小姐被殺後，千草小姐相當驚訝，她開始懷疑放入安眠藥的可能是彩華夫人，於是凶手得盡快封了千草小姐的口才行。情況緊急，刻不容緩。」

博士顯得激昂亢奮，看來即將迎接解謎的高潮。光一依然表現得很鎭定，閉口不語。彩華夫人也還是像個天眞少女，豎起耳朵聆聽。

「依照計畫，王仁先生會在這天下午火化。土居畫家和彩華夫人應該設法討論了殺害千草小姐的步驟。首先，彩華夫人僞造內海明先生邀約幽會的信，說是受內海先生之託，將信交給千草小姐。爲了取信於千草小姐，送棺木出門時，彩華夫人特地跟內海先生並肩一直送到門外。但彩華夫人做夢也沒想到，千草小姐會把這封信給別人看。這也難怪，美女談戀愛講求隱密，醜女卻喜歡炫耀。通曉人情的彩華夫人被自己的習慣蒙蔽，沒能看透千草小姐特殊的個性。她萬萬沒想到，有人會拿幽會的邀約信去向別人炫耀。」

對我來說，半信半疑的眞相漸漸成爲不得不相信的事實。但我依然無法相信彩華夫人是凶手，還是忍不住覺得一切或許都是巨勢博士的惡作劇，待會可能將突然指出其他的眞凶。

博士繼續往下說：

「在火葬場誦經結束、點火之後，眾人大約在六點六分打道回府。根據那封僞造的幽會邀約信，兩人約定在下午六點半到七點左右，在三輪神社後方見面。這時，土居畫家想必準備了各種方法，正巧他發現送屍體來的拖車要空車折返，立刻決定利用拖車。他巧言慫恿內海先生上了拖車，自己在後面推車。兩個年輕人和土居先生，三個人以猛烈的氣勢迅速爬上山路，消失在我們的視線中。爬到頂部時，土居先生不再推車，隨便找了個藉口脫身，衝上捷徑，全速奔跑到三輪神社後方，看到千草小姐後告訴她，等一會內海先生就要來了，不如跟他玩個抓迷藏吧。具體來說，他是怎麼提議的我並不清楚，總之他讓千草小姐蒙上布巾後勒死她。接著，他馬上翻找千草小姐的手提包，拿走那封僞造的幽會邀約信。完成這些事恐怕花不到五分鐘，他馬上再利用捷徑跑回隊伍最前方，先偷偷讓拖車通過，然後比內海先生早一步回家。內海先生在車子來到滿是石礫的陡坡前下了拖車，用駝子危顚顚的腳走一步歇一步，花了很長時間走下這段石礫陡坡。土居畫家輕鬆超過他，最先回到歌川家。表面上看來，土居畫家是第一次造訪，到歌川家才第三天，大家都以爲他對此地不熟，所以沒料想到他會利用捷徑。當然，這也是他們縝密計畫中的一部分。兩名凶手就這樣輕鬆殺掉千草小姐，擺脫危機，豈料，對他們而言宛如晴天霹靂的最大危機已等在眼前。不用我說，自然就是千草小姐將信拿給諸井護士看過的事實。」

終於進入巨勢博士心中案件的關鍵部分。我再看看光一，只見他一臉不屑，似乎覺得一切都不關自己的事，隨人說去。

「那天晚上九點多，由良婆婆和諸井護士來到客廳。當土居畫家和彩華夫人知道千草小姐六點左右出去幽會前給諸井護士看了信，而且諸井護士還知道對方名字，兩人心中不知有多驚愕，恐怕顧不得心機算計或深思熟慮了。此刻，諸井護士還不知道千草小姐被殺，顧忌著沒有說出幽會對象的名字，可是一旦凶行敗露，她就不得不說，到時就會發現信是僞造的。不只這樣，那封僞造的信是由彩華夫人交給千草小姐，自然也會發現信是由誰僞造。這麼一來，命案的全貌很可能被揭發。爲了防止這種情況，只能在殺害內海先生和殺害諸井護士中做出抉擇。就條件上來說，殺害內海比較容易，況且，諸井護士雖然在客廳沒有說出男人的名字，很可能已告訴主屋的人，或留下日記。既然如此，只有在當天晚上殺害內海先生，才能擺脫危機。一刻都不能遲疑，也沒有謹慎考慮的餘地，他們必須立即想辦法商量如何殺掉內海。行事周到的兩位，應該已事先說好因應這種緊急狀況的方法，就是各位都知道的那場打鬥。互相扭打、鬥毆、拋甩，最後彩華夫人逃到沒有人的戶外，土居先生追上前抓住她。在其他人趕到之前，他們假裝爭執，實則商討殺人細節。那場慘烈的格鬥，其實對兩人來說，遠比我們感覺到的更加慘烈，堪稱關乎生死存亡的殊死決鬥。」

包括我在內，在場的許多人都漸漸被說服。難道彩華夫人確實是眞凶？巨勢博士應該不至於對我們說：「剛剛都是開玩笑的，其實眞凶是……」就算是這樣，我還是很難相信彩華夫人是眞凶。約莫很多人都跟我有相同的心境。

巨勢博士並不在乎我們這些糾結，繼續說明：

「兩位依照劇本，出色地上演這場格鬥。彩華夫人敏捷地逃到屋外，土居畫家在後面窮追不捨。在我們趕到之前，他們商討了殺害內海的步驟。方法如同剛剛所述，土居畫家在彩華夫人門前不斷叫喚，試圖攻擊探頭外出的人，不僅製造了不在場證明，也有監視之效。彩華夫人在他的監視掩護下，下樓從談話室取了短劍殺死內海先生。這確實是相當巧妙的方法。我們萬萬料想不到，表面上水火不容的兩人竟會如此互助，因此一開始就沒有懷疑過凶手彩華夫人。根據神山先生的推理，也做出這兩人絕對不可能是凶手的結論。計策巧妙又行事周到的彩華夫人，爲了替這晚的突發事態做好準備，平常就表現出將鑰匙插在房門內的習慣，取信於人。爲了在緊急狀況下逃回自己房間不會顯得不自然，事先進行縝密的準備。在土居畫家到達之後，一直都睡在一馬先生寢室的彩華夫人，如果沒有這些事前準備，在這緊急狀況下逃回自己房間的藉口就很難成立。我一開始懷疑過，怎麼可能如此剛好，鑰匙就插在房間門上？但根據矢代先生和其他人的說法，彩華夫人確實有邋遢的一面，總是把鑰匙插在房門內側。這事愈聽愈覺得過度湊巧，讓我更加相信，一切都是經過漫長歲月計畫的精密犯罪。這般周密準備的犯行，當天遇上的危機實在太突然，而且影響重大，以至於他們沒有深思熟慮的餘地。聰明絕頂的兩位，也在此掉以輕心，留下『心理足跡』。」

27 CHAPTER 第二十七章

心理足跡

巨勢博士從剛剛開始就不厭其煩地提及「心理足跡」。說到心理，當然是我們文人賴以維生的吃飯傢伙，但我至今仍完全摸不著頭緒。巨勢博士環視眾人一圈。

「在座的各位，恐怕是日本最出色的心理專家、人類專家，老成練達，但就連各位都沒有發現這樣的足跡。這不是各位的疏忽，是因兩名凶手的表演實在太逼眞，讓大家根本無從懷疑。不過，請容我不客氣地說一句，之所以會如此，都是各位落入凶手的股掌之間，太盲目相信事物表象的緣故。各位都以為，土居畫家和彩華夫人的不和是絕對的眞實，深信不疑，也因此忽視了『心理足跡』的根據。」

這個向來沒有自信的都會人、討厭自誇的巨勢博士，對於自己這番斷言，顯得有些難為情。

「前面提到這兩位面臨如同晴天霹靂的危機，片刻都不得猶豫，於是抓著對方語病開始爭吵，激烈打鬥。土居畫家揪著彩華夫人打她、推她、甩她，後來彩華夫人朝屋外跑去，演技實在逼眞。但請各位重新在腦中回想一下當晚的狀況，在這個房間裡有人見先生、矢代先生、三宅先生、一馬先生、神山先生和我，這麼多大男人全站在彩華夫人那一邊。面對土居畫家的暴力，大家絕對會保護彩華夫人，挺身而出。前一天晚上，土居畫家對彩華夫人施暴時，人見先生、矢代先生、神山先生等人也都奮勇對抗土居畫家，幫了彩華夫人一把。當天晚上也一樣。由於事發突然，我們沒來得及反應，彩華夫人就突然被打、被追、被推。可是，等我們回過神，自然會壓制土居畫家，拉開他們。我們以為事情應該告一段落，沒想到被分開的兩人，再次你一言、我一語地爭吵。我們反應不及，土居畫家突然又要撲向彩華夫人。彩華夫人一個轉身，如脫兔般逃到屋外。各位，我所謂的『心理足跡』指的就是這件事。對彩華夫人最有力的幫手大部分都在場，戶外什麼也沒有，沒人會幫她。就算經由戶外逃進主屋，主屋除了老邁病人，只有老邁男僕。村裡人家距離這裡有一里之遠，派出所還要再走一里。試想，假如我們走在陌生土地上，深夜遭遇盜賊，或許會爲了躲避盜賊，不顧一切逃進黑暗中，但像當天晚上那樣，大部分幫手都在場的情況下，不往有幫手的方向逃，反倒選擇往沒有幫手的黑暗戶外逃，此舉自然嗎？這不是等於自尋死路嗎？連在我們面前都會被摔被甩，弄得衣服也破了、膝蓋鮮血淋漓，承受這麼嚴重的暴行不逃向有幫手的地方，卻往黑暗的戶外逃，在人類的心理上實在是不可能發生的怪事。換句話說，無論如何，她都必須要往沒人的戶外逃才行，她有非這麼做不可的理由。」

巨勢博士停頓一下，但或許是對自己的激昂演示感到難爲情，又馬上接下去說明。

「我也被那精湛的演技瞞過，當天並未發現不自然之處。隔天早上發現內海先生慘死，而我要等到一星期後，歌川多門先生和加代子小姐遭到毒殺當晚，才終於起疑。各位對那天晚上的事想必都還記憶猶新，平野警部偵訊時，彩華夫人指著土居畫家，說他是凶手，特別擅長手指戲法。接著，土居畫家從容地拿起一旁的棋子，招呼各位看官，演起《黑白夢幻愛戀之卷》，悠悠然展現手指戲法。不只這樣，結束之後他們再次爭執，土居畫家說自己隨時可能被毒殺，不想待在這種家裡，彩華夫人大叫『你就是凶手、你想毒死我們』。我就是在此時起疑，總覺得不太對勁，最後終於發現，沒錯，內海先生被殺的那天晚上，就是因一些無聊的爭端引發慘烈的格鬥。可是，不論言語中的敵意之強烈，或話中惡意之激烈都遠遠不及這天，土居畫家竟沒有任何反應，看不出要攻擊彩華夫人的樣子。到底是爲什麼？想到這裡，我恍然意識到那場劇烈格鬥的不可思議，接著發現那『心理足跡』，也就是彩華夫人逃往戶外暗處的不自然。到了這個地步，我才看穿兩位完美的計謀。我發現得實在太晚，畢竟兩位的演技過於精湛，計畫也非常巧妙。」

光一還是維持著沉默，而他的沉默並不顯得不自然。儘管博士提出『心理足跡』之說，但欠缺具決定性的說服力。我們心中的這些想法，跟光一泰然自若的神情，形成一種奇妙的協調，呈現出一種痴傻放空的狀態。

巨勢博士繼續往下說：

「再來說到第五椿多門、加代子毒殺案件。多門先生的死因，是彩華夫人將嗎啡放進多門先生專用的砂糖壺中，在布丁裡混入嗎啡。假如直接將嗎啡放進布丁，彩華夫人馬上就有嫌疑，所以事先做好準備，將嗎啡放進多門專用的砂糖壺，然後佯裝不知情，將砂糖加進布丁中。這一著簡單明快，彩華夫人想必沒有費太多苦心。問題在於，如何殺害加代子小姐？幸好土居畫家連夜胡鬧，弄破一打咖啡杯，完好的杯子不夠用，只得用上一個破損的杯子。他們利用這一點寫好劇本，計畫在一馬先生的生日這天，完成同時殺害加代子小姐和多門先生的計謀。加代子小姐平時不會到別館的餐廳，所以拿到的咖啡杯比土居畫家破得更嚴重。

加代子小姐表面上受到的待遇等同女傭，比起客人待遇當然更差，土居畫家利用這一點，調換了咖啡杯。他用上擅長的手指戲法，加入毒藥後，將杯子遞給加代子小姐。要讓這妙技成功，首先必須塑造出，其他人也可能在咖啡杯裡加入毒藥的印象，這就是彩華夫人的任務了。彩華夫人看準時機，約矢代夫人一起去上廁所，看到客廳裡如同預想擺好咖啡後，匆忙回到餐廳，說是從廁所窗口看到院子裡有奇怪人影，邀了一馬先生、矢代先生和我一起回到廁所查看。見幾個人突然起身，其他人很容易受影響跟著起身如廁，這種現象並不罕見。畢竟已用完餐，確實也有幾位都去廁所，包括神山先生、三宅先生等。如此這般，在他們的設定下，五、六個人都有機會在客廳桌上的咖啡杯中下毒。等這些支線演完，土居畫家的熟練妙技當然不會失手。他神不知鬼不覺加入毒藥，以巧妙的手段與加代子小姐交換杯子。這番演技再次成功奏效，土居畫家瞪著彩華夫人，氣憤地說『這人竟想下毒殺我』，彩華夫人說『土居畫家騙人、這個人是凶手、很擅長手指戲法』，這一齣自然也是他們事先編排的對口相聲。以上，他們剷除大部分的主要目標，只剩下最後一個，也就是一馬先生。但還需要對這些不連續殺人事件丟下一顆象徵不連續的石頭，選上的犧牲品是宇津木秋子小姐，她被推下瀑潭溺死。如同剛剛所說，我是在多門和加代子命案發生後，才終於發現真相。由於察覺那些『心理足跡』，才能推理出事件全貌，可惜沒有任何物證。既然如此，只能等待下一樁命案發生，以現行犯的方式逮捕。我心想，只要盯住土居畫家，應該就能掌握下一樁命案的線索。幸好神山先生和土居畫家每天熱中於撞球賭局，我也加入這場遊戲。但這又是我另一項失策，我完全誤會了。我一心以爲，殺害內海先生是突發的重要危急狀況。在這種必須孤注一擲的情形下，他們不惜涉險走在刀口上，賭那千分之一的機率，才會讓彩華夫人握著短劍演出。不過，這是例外中的例外。除了最後殺害一馬先生，彩華夫人不可能在不連續的凶行中下手。所以，我深信盯緊土居畫家，一定能觀察出與下一樁不連續的演出有關的線索。然而，我輕率的判斷完全被推翻。土居畫家偷偷跟宇津木小姐約好在三輪山瀑潭幽會，同時，彩華夫人當天去溫泉旅館，回程利用殺害千草小姐時土居畫家取道的捷徑，出現在瀑潭，與等不到土居畫家出現的宇津木小姐並肩在瀑潭邊散步，突然將宇津木小姐推落。之後，她再次利用捷徑出現在原本的道路上，若無其事地走出山毛櫸森林出，裝成從溫泉直接回來的樣子返家。」

28

CHAPTER

第二十八章

鐵證如山

實在是精彩的推理。博士赤裸裸地揭露不連續殺人事件的全貌，我不得不臣服。可是，從泰然自若、漠不關心的光一臉上，還有宛如少女般豎耳傾聽的彩華夫人天眞的表情上，都看不出任何企圖反抗的傲氣。我們一方面折服於巨勢博士的推理，同時也不由得被這對凶手的漠然和無邪說服。

這兩種說服力維持著奇妙的平衡，也可說無論哪一方都欠缺關鍵性的說服力。巨勢博士欠缺的，當然就是無可動搖的物證。

不過，巨勢博士似乎並不擔心這種平衡狀態，再次平靜地開口：

「好的，接下來我要說明這樁犯行最後的收尾。假如海老塚醫生和諸井護士沒有淪落到那樣的下場，會是兩個凶手最該利用的人物。海老塚、諸井這兩人，是連萬事設想周密的凶手都沒有預期到的人物。這也難怪，主人一馬先生也是在父親多門慘死後，片倉老人終於坦承，才知道海老塚醫生其實是多門先生的孫子。凶手也不知道這個事實，所以意料之外的兩個人物有極大的利用價值。假如海老塚醫生沒有發狂，應該會被設計爲殺害一馬先生的嫌犯，在最後的收尾中扮演要角吧。不知是幸還是不幸，海老塚醫生發狂傷害諸井護士，被警方拘留，最後的收尾不得不回到最初的計畫，也就是讓一馬先生以自殺的形式死亡。我還沒看到一馬先生被毒殺的現場，只聽到警方的轉述，不過，這樁命案我早在十天前已預想到。如同前面的推理，接下來的推理應該也不會出錯。一馬先生恐怕今天依然忐忑不安，直到清晨都無法入睡。前一天晚上他目睹客廳柱子上貼的那張紙，原本深信凶手是海老塚醫生，因海老塚醫生被捕覺得再也不會有危險而鬆了口氣，當下不知該有多麼驚愕混亂，實在令人同情。由於過度擔心，直到凌晨都睡不著，彩華夫人應該會建議他喝下安眠藥，於是一馬先生服下氰酸鉀身亡。光是這樣就足以形成自殺的布局，不過還缺少他以眞凶身分自殺的證據，所以彩華夫人僞裝了被迫殉情的掙扎痕跡。爲了轉述一馬先生那句『沒希望了』的告白，她甚至得演出一場咬舌失神的戲碼。於是，這場計畫了十個月的犯罪，終於有了完美的收場。」

光一依然很平靜，甚至不打算提問，似乎覺得一切實在太愚蠢，根本不值得回應。當然，巨勢博士必須在此做出最後的收束、挑戰、攻擊。確實，巨勢博士繼續用不變的聲調，平靜地闡述他最後的挑戰。

「我去了一趟東京。婚後，彩華夫人每個月一定會去東京一、兩次，通常一馬先生都會同行，可是到了東京他們不一定一起行動。土居先生和彩華夫人擔心書信往返會敗露事跡，肯定會安排好直接見面。要進行如此縝密的犯罪計畫，得先疏通各種狀況，還得以此爲基礎周密地討論，兩人想必見面商討過許多次。因此，彩華夫人上京時，兩人一定得找地方見面。上京時，一馬夫婦住在坪平家。我不經意地探過坪平夫婦的口風，得知彩華夫人就算單獨外出，晚上也一定會回家，從來不曾單獨外宿。這麼說，見面的地點如果不是東京，應該也是距離東京不遠的地方。我帶著土居畫家和彩華夫人的照片回東京，加洗了許多張，找來三十個朋友幫忙。除了東京之外，也在鄰近的橫濱、浦和、大宮、千葉、八王子等地，地毯式地查訪酒館、旅館、餐廳，終於在距離東京市中心不遠的破敗酒館中，找到他們的巢穴。他們每個月有一、兩次會在此見面，享受寧靜的半日時光。酒館的老闆娘和女傭，在我同事的陪同下，今天一早從東京出發，傍晚五點應該就會到達這裡。」

巨勢博士從口袋取出一張紙條。

「這是朋友剛剛發給我的電報，告知他們今天早上已出發。」

巨勢博士攤開電報放在桌上，平靜地讀出聲：

「跟『蟬丸』的老闆娘一起，依照計畫，搭首班車出發。」

巨勢博士低喃：「蟬丸、蟬丸，就是那間酒館的名字。」

光一還是很鎮定，面不改色。

這時，牆邊傳來聲響，幾名刑警急忙跑上前。彩華夫人的椅子倒下，她起身痛苦地抓著胸口，搖搖晃晃倒下。刑警來不及抱住她，只見她癱倒在地，又抓了兩、三下地板，最後全身鬆軟，動也不動。

警方的醫師上前診察，幾個人進行人工呼吸之類的急救措施後，決定放棄。

我望向光一，他的左右和身後共有五名刑警緊靠在旁，抓住他的雙手。光一站起，隔著桌子盯著彩華夫人倒地的樣子，應該只能看到一小部分吧。

光一銳利的視線投向「第六感」警部。

「讓我到她身邊去，讓我到彩華身邊。」

「第六感」警部不知該如何判斷，睜大了雙眼沉默不語。

「『第六感』警部大人，您聽到了吧？我剛剛說，想到那個人身邊，想到彩華身邊去。跟她水火不容的光一這麼說呢，很明顯了吧？這代表我公開承認，我和彩華就是凶手。」

「第六感」警部點點頭，表示答應。

「那也別抓住我的手了，給我最後的自由吧。」

光一揮開刑警的手，逕自繞過桌子。經過桌子正面、巨勢博士身後時，他輕輕摸了摸博士的頭。

「厲害，幹得好。偵探小子，有兩下子。」

神氣地留下這句話後，他跪在彩華夫人的遺體前。

光一執起彩華夫人的手，看著她死去的面容好幾分鐘，最後抬起頭，也不知是對著誰說：

「眞傻，根本沒必要死的。就算酒館老闆娘或女傭出現，又代表什麼？爲什麼不肯相信我有本事推翻那些證據？怎會這麼衝動？太遲了，自殺也是凶手的一種告白，是嗎？很好，基於相愛一場的情誼，你的良人光一，也陪妳獻出告白。阿門。」

光一舉起彩華夫人的手，吻了許久。親吻的時間實在太長，凶殘的光一竟然也會有如此讓人深深感到悲哀的姿態。

光一放開彩華夫人的手，踉蹌往前倒下。這就是光一的人生終點。

（全文完）

後記

「尋凶懸賞」正確答案發表

第一名　完全正確解答（九十五分），獎金一萬圓

・東京都目黑區上目黑五之二五五九

片岡輝夫

第二名　正確解答（九十分），獎金各五千圓

・長野縣上水內郡若槻村東條

秋元收作

・高知縣幡田郡中村町

庄司公彥

・大阪市東區瓦町二丁目一番地

酒井淳

第三名　接近正確答案（七十分），獎金兩千圓

・東京都中野區野方町一之七九五
田中碩

第四名　部分正確答案（五十分），獎金一千圓

・東京都新宿區下落合一之三六九
村田元子
・東京都新宿區戶塚町四之七五八
新井完
・東京都目黑區洗足一四六三
大井廣介

選後感想

推測光一和彩華爲共犯的答案，總共有八封信。其中片岡、秋元、庄司、酒井四名與巨勢博士的推論完全相同，連爲什麼千草、內海被殺，及各椿命案的行凶手法都分毫不差。就連內海被殺之前爲何要有那場格鬥，也做出完美的推理。假如要吹毛求疵，便是忽略室內鞋上的鈴鐺其實是爲殺害一馬的準備，還有彩華逃到屋外黑暗中的不自然這兩個地方。

尤其是片岡先生，各種細節的描寫都極爲縝密精確，幾乎沒有分毫誤差，略勝其他三位，因此給予他最高獎勵。其餘三位難分高下。

我原本約定只把獎金給名次最高的一人，但給出正確答案的有四人之多，身爲作者也不忍心割捨。因此，我將支付其他三位每人五千圓，當成作者認輸的費用。支付認輸費用，作者深感痛快。能夠精確猜中這些細節，我眞的非常高興。

第三名田中先生，對於千草、內海命案的必然性及手法，做出了正確的推測，但並未正確推理出其他命案的手法，有一部分出現大幅偏差，跟上述四位相比懸殊較大，對於細節的研究也較爲不足。不過，作者認爲，這些答案配得若干認輸費用。

第四名村田、新井，還有我的挑戰者之一大井廣介偵探，雖然猜中凶手，細節上卻誤差甚多，沒讓作者甘拜下風。然而，對於猜中凶手的事實，我仍要表示敬意。

大井廣介偵探從觀念性的根據出發，認爲犯下一連串命案的動機只有遺產問題，這不過是利用推理小說的某種公式化解釋，並未從每項具體事實來進行有邏輯的推論。因此在細節解釋上相當混亂，除了猜中凶手名字之外，可說沒有其他値得讚賞之處。

能夠做出跟巨勢博士推理幾乎一模一樣，連細節也精確到位的有四人之多，在我看來是値得驕傲的事，代表確實可能完美猜中答案。這跟推理小說的既有公式無關。推理小說首先必須要符合邏輯才行。

假如推理小說中，不當、不合理地扭曲人性，捏造出實際上不可能出現的行動，讀者不可能做出合理的解釋。我認爲不僅日本，現在全世界的推理小說有百分之九十九，不，百分之九十九點九九，都是不合邏輯的。

搞錯凶手的答案，多半用的是消去法，但推理小說跟現實的犯罪不同。如果出場人物有三十人，凶手一定在這三十人當中，消去法確實是最方便、最有效的方法，但消去法不見得能找到眞凶。

所謂推理小說的機關，就是運用消去法找到的答案一定會失敗。擁有在消去法推論下，根本不可能行凶的完美不在場證明，這種人其實才是眞凶，當中的機關就是推理小說最有意思的地方。但以往的推理小說，多半只給出牽強的機關，硬是扭曲人性、捏造出不合理的行爲或心理，無論作者或讀者都不求甚解，以爲推理小說的機關就是這麼一回事，不疑有他。

中學時代，我讀了佐藤春夫的短篇推理小說，深受感動。篇名我已忘記，內容講的是一名男子弄丟了書，拜託精通心理學的朋友幫忙尋找，結果是弄丟書的本人，帶著書站起來時，突然想上廁所，所以在下樓途中，順手將書放在牆壁暗處的梁上。人類經常在排便之際突然忘記如廁前做了什麼事，於是等到他猛然想起書時，怎麼也找不到。

我所謂的「犯罪心理的合理性」，說的就是這種人性的正確速寫。每當我閱讀推理小說，發現在人性、合理性這些地方遭作者背叛時，就會萌生總有一天要寫出一部精彩的推理小說，讓大家難以推測出凶手，卻又具備完全合理的人性描述。教會我推理小說的人性合理性的，就是前文提到的佐藤春夫的短篇作品。

就這層意義上來看，有四位能完全正確作答，證明我原先的目的已達成，因此我相當高興。

我從成山的答案中最早抽出來的，居然就是長野的秋元先生那份正確答案，而且毫無瑕疵。我先是一驚，覺得這下糟了，接著又看了三封信。第三封是高知縣庄司先生的正確答案。不行，這下不妙，我心想，該不會有五、六十人都猜中了吧？原來就這麼不巧，正確答案就在我最先看的前三分之一中，讓我忐忑不已。

其中最有意思的答案，來自森川信一劇團的演員木田三千大先生。這可說是前所未聞的發想，當代推理小說從未有過這種著眼點，形同給了作者正面的狠狠一擊。他的說明始於下枝侍奉歌川家的事實。下枝這名稀世美少女來到歌川家，跟在多門老人身邊服侍，久而久之，開始拿起多門書架上古今中外的推理小說閱讀，不知不覺身體裡殺人魔的毒血漸漸沸騰，不分晝夜腦袋都沉浸在血腥慘劇中，於是構成了不連續殺人事件的幻想，最後下手執行。可說是個充滿古風的優美故事，確實是作者意想不到的妙答。

再次感謝熱心提供答案的諸君，及所有支持本作的讀者。

坂口安吾

解說／安吾流偵探術

都筑道夫

1

坂口安吾的小說我幾乎沒讀過。從年輕時開始，我對跟工作無關的小說好惡向來非常明顯。我不喜歡作者搶在作品前、高聲主張的小說；對愛用成語、愛用片假名的文章也難以下嚥，所以我愛讀石川淳，卻不愛看坂口安吾。但推理小說另當別論，《不連續殺人事件》也一樣，自從這部作品在大地出版的雜誌《日本小說》上連載時我就開始讀了。

其實，買這本雜誌的是大我三歲的哥哥，落語家鶯春亭梅橋。引我進入推理小說和江戶文藝世界的哥哥跟坂口安吾一樣，昭和三十年便以二十九歲之齡英年早逝，但他的推理能力出色，《不連續殺人事件》他也在極早階段就看穿了真凶，而且確實是從作者所謂的「心理足跡」正確推論出犯人。假如他參加懸賞活動，說不定能獲得獎金。之後，日本出現尼可拉斯．布萊克（Nicholas Blake）《惡徒必死》（*The Beast Must Die*）的譯本時，他還曾點出邏輯上的矛盾，令江戶川亂步另眼相看。推理能力如此優秀的哥哥，也曾動念想寫推理小說，卻不太順利。他寫了不少優秀的創作落語，不過小說大概又是另一個世界吧。

他甚至提議：

「雖然不想承認，但寫小說我贏不了你。不如我提供點子，由你來寫，像艾勒里·昆恩那樣一起合作吧。」

他提出的構想是，爲了揭露警察和檢察官的先入爲主和偏見，兩個男人捏造出一樁案子。其中一人負責扮演犯人，受到逮捕、起訴，到了最後關頭，本來應該證明嫌犯清白的另一人竟猝死，沒人知道證據在哪裡。於是，扮演犯人的男人，拜託朋友去找證據。故事雖然有趣，要落實這個概念卻不容易。

「那些細節和解決方法你就隨便想想吧。」

在我們還沒動手之前，德國知名導演弗里茨·朗（Fritz Lang）就在美國拍了相同概念的電影。我們並未把這個創意賣給好萊塢。道格拉斯·莫羅（Douglas Morrow）這位編劇碰巧也根據相同概念寫了原創劇本，作品名叫*Beyond A Reasonable Doubt*（中譯《絕命線索》，又譯《高度懷疑》），描述達納·安德魯斯（Dana Andrews）飾演的新聞記者，在西德尼·布萊克默（Sidney Blackmer）飾演的社長策畫下，成爲命案的凶手。但社長心臟病發猝死，他的女兒，也是安德魯斯的女友瓊·芳登（Joan Fontaine）得知計畫內容後，努力尋找父親準備的證據。哥哥將他的點子告訴我時，大概是昭和二十八年或二十九年，而這部電影是一九五六年開始製作，也就是昭和三十一年，但該片並未在日本公開上映，要等到很久之後才在電視上播放，當年我有種撞見鬼魂的感覺。直到現在，每當我翻開《不連續殺人事件》前面介紹巨勢博士的地方，讀到「他對人類的觀察止於犯罪心理這條低底線上，所以能推理出犯人，卻寫不了小說」這一段，就會想起未能實現的合作及死去的哥哥，也可能是哥哥推理出這部小說的眞凶的緣故吧。

「沒有運用破解不在場證明和密室機關這一點，眞的很有新意。」

哥哥對《不連續殺人事件》讚不絕口，隔年《復員殺人事件》開始連載後，他每個月都會買文藝春秋發行的雜誌《座談》。至於我，只覺得搞不懂到底誰是犯人，故事裡的人際關係又錯綜複雜好難懂，不過是一部糾葛牽纏的通俗劇碼。直到昭和四十四、五年，冬樹社推出《坂口安吾全集》，我把安吾的推理小說全讀了一遍，才改變對這部作品的看法。

2

冬樹社出版的《坂口安吾全集》總共幾冊我並不清楚，不過有八冊是小說，從I到VI屬於文學作品或中間小說（註）。VII和VIII，第十卷和第十一卷爲推理小說，占了全部小說的四分之一，如此分量已不能說是餘興或玩票性質。他並非在推理盛行的昭和三〇年代才從文學領域跨足推理小說，早在日本戰敗不久的昭和二十二年起，直到他離世的三十年之間，都持續不斷書寫，足以證明坂口安吾確實將推理小說視爲工作的重要一環。更無庸置疑的是，他對推理小說的熱愛。

註——日本於第二次世界大戰後發展出的文類，介於純文學跟通俗文學之間。

戰時，坂口安吾跟平野謙（註一）、埴谷雄高（註二）等人聚集在大井廣介（註三）家，輪流傳閱推理小說，熱中於猜犯人遊戲。當中以安吾最投入，但答對的機率也最低，據說他憤而表示：「總有一天，我要寫一本你們猜不出眞凶的推理小說！」於是，他在戰後寫出《不連續殺人事件》。安吾並非受邀寫下這部作品，而是親自找上雜誌《日本小說》的主編和田芳惠，詢問：「我寫了一部推理小說，能不能刊在你們雜誌上？」對方大吃一驚。

作品中出現的刑警，組合了他當時朋友的姓氏與名字。每次連載都會附上作者揶揄讀者的訊息，各位看看書中收錄的內容就可知道，確實辛辣毒舌。由此想來，上述關於他寫下本作的傳說，或許不盡然是空穴來風。《不連續殺人事件》問世後深受好評，榮獲第二屆日本偵探作家俱樂部獎。假如讀過當時安吾針對推理小說所寫的文章，不難發現他其實懷抱極大的雄心壯志創作《不連續殺人事件》，也可知道他對當時的日本推理小說頗不以爲然。

概略地說，昭和二〇年代的日本推理小說都受到狄克森．卡爾（註四）的不良影響。安吾稱爲「扭曲人性、捏造出不合理的行爲或心理」，先想出機關，再強行套在人物上，這種作品被稱爲本格推理小說，同時文壇也瀰漫著一股「若非本格推理小說，便不配稱爲推理小說」的風潮。進入昭和六〇年代的現在，日本推理小說固然有倒退回當時的趨勢，但另一方面也積極輸入海外豐富多樣的推理作品，狀況並沒有當時糟糕。《不連續殺人事件》問世之際，尚未重啓文學輸入，一九三〇年代只能讀到經大幅刪節省略的海外推理作品。占領軍丟棄或出售的平裝本推理小說開始出現在二手書店，不過安吾應該沒有狂熱到去閱讀原文書。

他曾提及特別喜歡范・達因、艾勒里・昆恩，尤其是阿嘉莎・克莉絲蒂，他對克莉絲蒂的高度讚賞值得一提。

3

很少有作家像克莉絲蒂，在漫長作家生涯中文風未有太大改變。這句話並無貶意。她的作品充分具備一九二〇年代英國女性作家的特色，甘甜、柔美，但打一開始就帶有現代偵探故事的味道。推理小說始於「凶手是誰」，接著進入「凶手如何下手」，然後將重點轉移到「凶手爲什麼這麼做」。之所以說「是誰」、「如何下手」、「爲什麼這麼做」，而不用「犯人」、「方法」、「動機」來描述，是因提到動機，很容易侷限在「殺意的動機」。現代推理小說中的「爲什麼這麼做」，不僅僅指殺害動機，還包括殺人方法的動機——爲什麼製造密室、爲什麼要仰賴不在場證明等，可衍生出許多「爲什麼」。這當中的變化，呈現出推理小說透過描述犯罪，逐漸發展爲探究人性的小說的面貌。簡單地說，克莉絲蒂雖然是老

註一——一九〇七～一九七八，文藝評論家。
註二——一九〇九～一九九七，政治、思想評論家，小說家。
註三——一九一二～一九七六，文藝、棒球評論家。
註四——John Dickson Carr（一九〇六～一九七七），美國推理小說家，被譽爲「密室推理之王」，和阿嘉莎・克莉絲蒂、艾勒里・昆恩並稱「黃金時期三巨頭」。

派作家，但描寫功力一流，筆下人物所有行動都能讓讀者信服，於是得以維持將近六十年的作家生命。

進入一九八〇年代後，「爲什麼這麼做」類型的推理小說，又發展爲描寫「罪犯人性和偵探人性」類的小說。喬治．西默農（註二）和雷蒙．錢德勒（註三）很久以前已出現這種傾向，這種類型的推理小說著重於描寫偵探企圖透過被害者的人性，來瞭解罪犯人性的過程。坂口安吾的《不連續殺人事件》儘管是創作於昭和二〇年代初期的作品，卻確實萌生著現代推理小說的新芽，這一點可說是其價值所在。

正因安吾對推理小說的喜愛始於戰前的作品，他視偵探小說爲一種遊戲，《不連續殺人事件》的架構相當老派。我所謂的「老派」，並不是指相關人物聚集在山中別墅、發生案件的設定。就算不是作家應該也不難想像，這部小說是先從犯人的行爲開始，逐漸構思如何順利完成一連串的犯罪。所謂的「老派」，指的是這一點。爲了將犯罪行爲描繪成一種拼圖、一種遊戲，必須隱藏犯人，由偵探找出眞凶。但安吾認爲，一個故事原本並不需要這些。即使故事中隱藏了犯人，偵探只要在結尾出現即可。一般認知的本格推理小說之所以無法成爲眞正的小說，原因就在於此。

《不連續殺人事件》的人物個個多話饒舌，偶爾顯得有些平板，但安吾仍充分描寫出不同的性格，唯獨巨勢博士的形象薄弱模糊，或許是出於這個理由。巨勢博士讀懂了犯人心理，不過他充其量只是作者的代言人。儘管受到形式上的束縛，卻得以擺脫不自然機關的束縛，進而呈現更豐富的人性，全要歸功於安吾這位優秀作家的眼力和筆力。因此，《不連續殺人事件》堪稱昭和二〇年代最重要的推理小說。

《復員殺人事件》由於雜誌停刊而斷尾，如今我們無從得知安吾會如何推展他的長篇推理小說。在那之後，安吾繼續撰寫短篇推理小說。其中，在日本推理小說史上占據重要地位的應屬《明治開化安吾捕物帖》。書裡的二十個短篇被視為繼承岡本綺堂（**註三**）的《半七捕物帳》，與久生十蘭（**註四**）的《顎十郎捕物帳》同獲高度肯定。

4

《明治開化安吾捕物帖》是在昭和二十五年到二十七年，連載於新潮社的雜誌《小說新潮》。連載的標題為《明治開化安吾捕物》，發行單行本時才改為《捕物帖》，可能是編輯部的意思。當時的推理小說迷不太把捕物帳小說（**註一**）放在眼裡，不單是讀者，作者本身

註一—Georges Simenon（一九〇三～一九八九），比利時法語小說家，著有《雪上污痕》、《給法官的一封信》等。

註二—Raymond Chandler（一八八八～一九五九），美國推理小說家、劇作家。代表作有《漫長的告別》、《大眠》等。

註三—一八七二～一九三九，日本記者、劇作家、小說家。由《福爾摩斯探案》得到靈感，開始執筆《半七捕物帳》，大受歡迎，作品洋溢江戶時代的風情與人情。

註四—一九〇二～一九五七，日本作家。作品包括推理小說、時代小說、現代小說等，被稱為「小說的魔術師」，曾獲直木獎。

也不怎麼重視。推理作家想出一個機關後，會先用在現代推理小說上，過一陣子再轉用於捕物帳小說，最後才用在兒童讀物裡。一般都認爲，捕物帳小說是刊登在娛樂讀物雜誌上，不是中間小說雜誌會刊登的內容。命名爲《明治開化安吾捕物》的原因之一，或許是希望強調這並非外界司空見慣的捕物帳小說。記得我在昭和四〇年代執筆《蛞蝓長屋捕物騷動》時，也刻意避開了「捕物帳」這幾個字。

儘管受到輕視，撰寫捕物帳小說的風氣卻依然興盛。由於不敵歷史小說，時代小說衰頹不振，時代小說作家紛紛轉爲撰寫捕物帳，推理小說作家也因應讀物雜誌的需求而寫捕物帳。不過，大部分內容或可歸爲時代小說的一類，卻難以列入推理小說。捕物帳獲得社會上的普遍認知，要歸功於《半七捕物帳》。岡本綺堂以「江戶時代的福爾摩斯」故事爲概念，寫下《半七捕物帳》。許多捕物帳小說都遺忘原本該有的樣貌。錯誤概念的形成，讓大家不假思索地認定捕物帳是著重描寫世態風情的「時季文學」、「比起推理成分，更重要的是描繪江戶風物」。另外一些是出於對綺堂言論的誤解，他說過要描寫的「除了偵探趣味，還有江戶風物」。首先，將捕物帳小說定義爲主要描繪江戶風情這一點，已是個錯誤。《半七捕物帳》之後，確實也出現過幾部精采描繪江戶季節遞嬗、世態風情的捕物帳。

我們無從得知，對日本推理小說不以爲然的安吾，是否同樣對捕物帳懷抱不滿，但他似乎認爲，福爾摩斯故事是短篇推理小說的理想型態。假如在日本想寫出安吾流的福爾摩斯故事，或許捕物帳是一種理想的形式。這時，我們該特別注意《安吾捕物》的標題。在系列中扮演福爾摩斯角色的是紳士偵探結城新十郎，而在破案之前負責釐清案件眞相的是勝海舟（註二）。然而，作品標題既非《新十郎捕物帳》、也非《勝海舟捕物帳》，而是用了作者的名字。這種捕物帳可謂空前，想必也是絕後。印象中，安吾似乎還有其他冠上作者名的系列，但首作應該就是這部捕物帳。

就算不是首作，在捕物帳冠上作者名，我認爲應該有一層技術上的意義。以極類似戰後的明治時代爲舞台，撰寫福爾摩斯風格的短篇推理，故事概念和《不連續殺人事件》一樣，都是由被害者和加害者構成的故事，名偵探只需要在故事最後出現即可。起用勝海舟這個角色，或許是爲了讓昭和二〇年代的偵探小說讀者接受此一形式。安吾說過，爲了讓讀者安心，才讓海舟在這個找犯人的遊戲裡出現，但理由當然不止如此。

其他類型的小說家要寫推理時往往會使用別名，例如：尼可拉斯・布萊克之於塞希爾・戴・路易斯（Cecil Day-Lewis）、艾德・麥克班恩（Ed McBain）之於伊凡・亨特（Evan Hunter）、愛德加・博克斯（Edgar Box）之於戈爾・維達爾（Gore Vidal）、康寧漢（E. V. Cunningham）之於霍華德・法斯特（Howard Melvin Fast）。日本也有福永武彥使用加田伶太郎這個別名的例子。喜歡推理小說這種有規則的形式而寫時通常會使用別名，安吾卻依然

註一——記述逮捕罪犯始末的故事。

註二——一八二三～一八九九，幕末至明治初期政治家、軍事家、教育家。主要功績爲戊辰戰爭時與西鄉隆盛談判達成和平協議，實現江戶城的無血開城。後於新政府出仕，爲維新元勳。

使用本名。可是，讀過《不連續殺人事件》、《復員殺人事件》就會知道，他熱愛推理小說，而且是抱持著對一九二〇到三〇年代所謂黃金時代的形式的尊重而寫。換句話說，假如安吾企圖打破既有推理小說的框架，在自身原本的小說中加入犯罪元素即可，不需要刻意寫成偵探遊戲的小說。他對黃金時代推理小說的不滿，必須在遵守這個規則的範疇內解決才行。

或許就是如此，他設法不讓主宰短篇推理小說的名偵探存在感太過稀薄，先派海舟暖場，再由新十郎出擊。在短篇中突然置入系列故事角色，當然沒有太多餘力仔細描寫性格魅力。安排勝海舟出現，大概是想藉著讀者熟悉的知名人物來彌補這個缺陷吧。這麼說來，似乎也可直接讓勝海舟擔任偵探，但總不能讓他隨隨便便就離開隱居地冰川，於是只好請他扮演安樂椅神探。現在確實常見這種手法，不過當時這類安樂椅神探故事，僅有英國的艾瑪·奧希茲（註一），也就是奧希茲女爵所著的《角落的老人》（*The Old Man In the Corner*）有譯本問世而已。安吾想必讀過，並從中感受到這種形式的侷限。安樂椅神探短篇系列，在一九五〇、六〇年代的詹姆斯·耶弗（註二）、哈利·柯美曼（註三）手中才終告完成，出乎意料地晚。容我再次強調，安吾相當尊重既有的形式。儘管對日本推理小說懷抱不滿，他對黃金時代的傑作並無不滿。放低層次來說，沒有目標可追尋的東西他不寫——沒有必要寫，畢竟他本有自成一格的文學。

因此，當他提出海舟暖場、新十郎出擊的形式時，無法套上《海舟捕物帳》的名稱，假如命名爲《新十郎捕物帳》，又糟蹋了海舟難得的布局努力。我想應該是出於這個原因，才將此作稱爲《安吾捕物》，並加上副標「明治開化」。於是，故事中泉山虎之介講述的案件經過，彷彿以安吾的聲音傳進讀者耳中。當然，我不曉得實際上他有沒有算計到這層效果。

《明治開化安吾捕物帖》連載長達兩年，可見受到好評。期間不乏類似大井廣介的意見，誤以爲捕物帳應該是「時季文學」，批評這部作品的推理小說性質過重，與其寫這種東西，安吾還不如快點寫完《復員殺人事件》。但另一方面，花田清輝（註四）在發行單行本後一口氣讀完，給了比《不連續殺人事件》更高的評價，我也認同花田的觀點。可是，針對花田清輝大讚書中收錄的〈時鐘館的祕密〉裡描寫鮫橋貧民窟的段落，認爲這種單純羅列數據，而非半調子式移情的描寫方式反倒增添效果，我不禁狐疑，難道花田沒讀過《日本的下層社會》？安吾在這部分的處理明顯引自知名的橫山源之助（註五）《日本的下層社會》，數據也只是引用、整理自該書。因此，假如讀過《日本的下層社會》不會受到太大衝擊。姑

註一—Emma Orczy（一八六五～一九四七），匈牙利裔英國作家，在《角落的老人》中創造出第一位安樂椅神探，其他著名作品還有《紅花俠》系列。

註二—James Yaffe（一九二七～），美國推理小說家，著名作品有〈Mom Knows Best〉、〈The Department of Impossible Crimes〉等。

註三—Harry Kemelman（一九〇八～一九九六），美國推理作家，代表作爲《九英里的步行》。

註四—一九〇九～一九七四，日本文藝評論家。

註五—一八七一～一九一五，日本記者。實際採訪後撰寫的《日本的下層社會》，詳細記錄日本底層民眾的生活，包括職業、收入到支出數據等，被視爲珍貴的史料。

且不管這一點，持續書寫這個系列，讓安吾得以擺脫黃金時代的推理小說和福爾摩斯故事的限制。當然，藉由持續書寫，「小說家安吾」的面貌也比「推理小說迷安吾」更清晰地袒現出來。但身爲忙碌的流行作家，安吾不太可能遍讀昭和二〇年代後半剛開始輸入日本的海外新推理小說，他卻動筆撰寫現代推理小說，這一點很値得注意。做爲一流的小說家，或許這也不足爲奇。

在這層意義上，系列最後的作品〈穿呢絨大衣的男子〉就特別重要。相較於其他作品，〈穿呢絨大衣的男子〉顯得格外失衡，卻展現出有邏輯的小說——也就是現代推理小說，應該具備的樣貌。依照邏輯採取行動、尋找被害者，並逐漸揭開包含被害者在內所有相關人物的人性，甚至可一窺偵探的人性。想必是在一切素材俱全的情況下，才足以進行這種轉換，所謂的突破，就是這樣出現。走到這一步，不再需要勝海舟或任何配角。假如讓楠巡警負責行動、新十郎擔任解說來延續系列，也絲毫不顯不足，不過作者大概還是很在意失衡的現象吧。又或者，如同之後在現代推理短篇中也可看出，他對黃金時代推理的執著實在太深，《明治開化安吾捕物帖》最終結束在這一篇。不過，〈穿呢絨大衣的男子〉不能證明安吾厭倦了此一系列。這部作品展現了一位優秀的作家，在推理小說這種形式中最後歸結出的答案。

在日本推理小說因不自然的機關設計陷入低迷的昭和二〇年代，曾有一位作家留下如此精彩的軌跡，除了年輕讀者之外，我希望那些可能退步回到二〇年代的作家，都能讀讀坂口安吾的推理作品。

昭和六〇年（一九八五）八月一日

本文作者介紹

都筑道夫（一九二九～二〇〇三）

日本推理作家，《EQMM》（*Ellery Queen's Mystery Magazine*）日文版首任總編輯。除了推理小說之外，也撰寫怪談、時代小說、科幻小說，在翻譯、評論、劇本方面亦相當活躍。曾以半自傳文集《直到成爲推理作家》獲得日本推理作家協會獎、日本推理文學大獎。

原著書名／不連続殺人事件・作者／坂口安吾・翻譯／詹慕如・責任編輯／陳盈竹・行銷業務部／徐慧芬、陳紫晴・編輯總監／劉麗眞・總經理／陳逸瑛・榮譽社長／詹宏志・發行人／凃玉雲・出版／獨步文化 城邦文化事業股份有限公司 104台北市中山區民生東路二段 141 號 5 樓 電話／(02) 2500-7696 傳眞／(02) 2500-1967・發行／英屬蓋曼群島商家庭傳媒股份有限公司城邦分公司 台北市中山區民生東路二段 141 號 11 樓・讀者服務專線／(02)2500-7718; 2500-7719・服務時間／週一至週五：09：30-12：00、13：30-17：00・24小時傳眞服務／(02)2500-1990; 2500-1991・讀者服務信箱 E-mail／service@readingclub.com.tw・劃撥帳號／19863813 書虫股份有限公司・香港發行所／城邦（香港）出版集團有限公司 香港灣仔駱克道 193 號東超商業中心 1 樓 電話／(852) 25086231 傳眞／(852) 25789337・馬新發行所／城邦（馬新）出版集團 Cite (M) Sdn. Bhd. 41, Jalan Radin Anum, Bandar Baru Sri Petaling, 57000 Kuala Lumpur, Malaysia. 電話／(603) 90563833 傳眞／(603) 90576622・封面設計／許晉維・排版／游淑萍・印刷／中原造像股份有限公司・2019 年6月初版 2021 年11月 15日初版三刷・定價／360 元 ISBN 978-957-9447-35-5 Printed in Taiwan

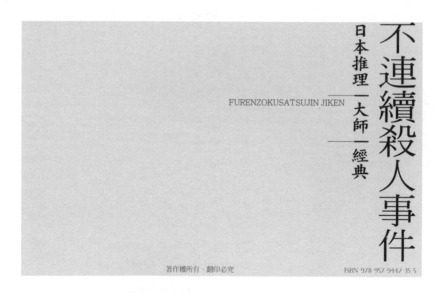

國家圖書館出版品預行編目資料

不連續殺人事件／坂口安吾著；詹慕如譯. 初版. -- 臺北市：獨步文化：家庭傳媒城邦分公司發行, 2019〔民108〕
面； 公分.（日本推理大師經典；48）
譯自：不連続殺人事件
ISBN 978-957-9447-35-5（平裝）
861.57 108005589

獨步文化 APEX PRESS

廣 告 回 函
北區郵政管理登記證
台北廣字第000791號
郵資已付，免貼郵票

104台北市民生東路二段 141 號 2 樓

英屬蓋曼群島商家庭傳媒股份有限公司

城邦分公司

請沿虛線對摺，謝謝！

獨步文化 APEX PRESS

書號：1UD048	**書名**：不連續殺人事件	**編碼**：

請於此處用膠水黏貼

獨步文化 APEX PRESS

讀者回函卡

謝謝您購買我們出版的書籍！

請費心填寫此回函卡，我們將不定期寄上城邦集團最新的出版訊息。

姓名：＿＿＿＿＿＿＿＿＿＿ 性別：□男 □女

生日：西元＿＿＿＿年＿＿＿＿月＿＿＿＿日

地址：＿＿＿＿＿＿＿＿＿＿

聯絡電話：＿＿＿＿＿＿＿＿ 傳真：＿＿＿＿＿＿＿＿

E-mail：＿＿＿＿＿＿＿＿＿＿

學歷：□1.小學 □2.國中 □3.高中 □4.大專 □5.研究所以上

職業：□1.學生 □2.軍公教 □3.服務 □4.金融 □5.製造 □6.資訊

□7.傳播 □8.自由業 □9.農漁牧 □10.家管 □11.退休

□12.其他＿＿＿＿＿＿＿＿

您從何種方式得知本書消息？

□1.書店 □2.網路 □3.報紙 □4.雜誌 □5.廣播 □6.電視

□7.親友推薦 □8.其他＿＿＿＿＿＿＿＿

您通常以何種方式購書？

□1.書店 □2.網路 □3.傳真訂購 □4.郵局劃撥 □5.其他

您喜歡閱讀哪些類別的書籍？

□1.財經商業 □2.自然科學 □3.歷史 □4.法律 □5.文學

□6.休閒旅遊 □7.小說 □8.人物傳記 □9.生活、勵志 □10.其他

對我們的建議：＿＿＿＿＿＿＿＿

＿＿＿＿＿＿＿＿

＿＿＿＿＿＿＿＿

為提供訂購、行銷、客戶管理或其他合於營業登記項目或章程所定業務需要之目的，家庭傳媒集團（即英屬蓋曼群島商家庭傳媒股份有限公司城邦分公司、城邦文化事業股份有限公司、書虫股份有限公司、墨刻出版股份有限公司、城邦原創股份有限公司），於本集團之營運期間及地區內，將以mail、傳真、電話、簡訊、郵寄或其他公告方式利用您提供之資料（資料類別：C001、C002、C003、C011等）。利用對象除本集團外，亦可能包括相關服務的協力機構。如您有依個資法第三條或其他需服務之處，得洽詢本公司服務信箱cite_apexpress@cite.com.tw請求協助。相關資料不提供亦不影響您的權益。

□我已詳讀權利義務之相關條款，並同意遵守。

請於此處用膠水黏貼